星海社
FICTIONS

レイジングループ
REI-JIN-G-LU-P 1 人狼の村

amphibian

Illustration／影由

星海社

Illustration　影由
Book Design　Veia
Font Direction　紺野慎一

レイジングループ
REI-JIN-G-LU-P

房《ふさ》石《いし》陽《はる》明《あき》
大学院生、旅行者。
回《うえ》末《まつ》李《り》花《か》子《こ》
聖職者、居住者。
芹《せり》沢《さわ》千《ち》枝《え》実《み》
大学生、帰省者。
巻《まき》島《しま》春《はる》
高校生、居住者。
登場人物紹介
CHARACTERS

釀《かもし》田《だ》近《ちか》望《もち》
高校生、居住者。
織《おり》部《べ》かおり
食堂主人、居住者。
織《おり》部《べ》泰《やす》長《なが》
高校生、居住者。
室《むろ》匠《たくみ》
農家、居住者。

山《やま》脇《わき》多《た》恵《え》
農家、居住者。
織《おり》部《べ》義《よし》次《つぐ》
中学生、居住者。
能《の》里《さと》清《きよ》之《の》介《すけ》
医師、逗留者。
巻《まき》島《しま》寛《かん》造《ぞう》
猟師、居住者。

狼《おおかみ》じじい
徘徊老人、居住者。
馬《ま》宮《みや》久《ひさ》子《こ》
記者、訪問者。
めー子《こ》
迷子、訪問者。
橋《はし》本《もと》雄《ゆう》大《だい》
写真家、訪問者。

目次 CONENTS

ふりだし

路肩に寄せて、エンジンを切る。

思ったより傾斜がきつい。ブレーキを強く握り込み、重力に従順な大型二輪の車体を支えながらサイドスタンドを下ろした。斜めになったシートに体重を預け直し、ようやく一息つくが、漏れたのは安堵《あんど》ではなく放心のため息だった。

——迷ったな。

ナビもなしに知らない道をロングツーリングというのは、少々無謀だったようだ。行き当たりばったりで道を決めてるんだから迷うも何もない、などと高を括っていたが、どちらかと言えばこれは遭難……いや、縁起でもない。

ジャケットのファスナーを開いて、内ポケットから小さく折りたたんだ地図を取り出し、広げた。

さて、今自分はどこにいるのだったか——

瞬間、不意に脳裏をかすめる記憶があった。

濃霧

二〇〇三年五月一一日（日）

来店

ああ、もう……！

思わず記憶を掘り起こしそうになったものの、なんとか抑え込む。

そもそもこれは、思い出さないための旅なのだから。

「……やめやめ、目の前の現実を直視！　人生はシンプル、つまりこの道のごとく、真っ暗で案内もなく、進むか返すか！　考えることはそれだけ！」

発言に対しては山彦《やまびこ》も含め応答ゼロ。地図もなんら有益な情報をもたらさない。

「……進むか」

仕方ないので、行き詰まるまで進んでみよう――そう思ったのが運の尽きだ。

それから二時間以上、僕は迷い続けた。途中、シカやイノシシとの接近遭遇イベントもあったが、野生さんサイドから詰められてクソ怖かったという説明でまとめさせてもらう。

限界を感じつつあった頃、ふっと林が途切れ、前方に意外なものを見た。カラフルで強力な人工の光……コンビニ、か？

クラッチを切って減速しつつ近づいてみると、確かにそれはコンビニだ――名前は「フレッシュマーケ」と読ませるらしい。入って道を聞いてみるか。流石《さすが》に店員なら道を知ってるはずだし、腹はともかく喉が渇いている。

耳慣れないメロディーのチャイムとともに入店した。中は普通のコンビニだ。棚に商品が並び、右手にはカウンターが——

うわっ、と思わず叫びそうになって、声を無理矢理飲み込んだ。カウンターに立っている女性——おそらく店員なのだろう、そこにいる以上は——が、ちょっとあり得ないような風体だったからだ。まず、髪が赤のドレッドヘア。制服と思われるエプロンとバイザーの下で、シルバーのアクセや殺意のこもった眼（被害妄想ではないと思う）が光る。背も女性にしては高めで、肩幅は広く、筋肉質の腕を感じ悪く組んで、「ああん」とか凄《すご》む角度で首をかしげている。

有体《ありてい》に言って、驚愕《きょうがく》のガラの悪さだ。さらにもうひとつ、僕はこの女性のとんでもない点に気付いているが、これは恐ろしくて到底口にできない。

「……ラっせー」

今のは、もしかして「いらっしゃいませ」か。愛想のカケラもない挨拶に戦慄《せんりつ》が走る。しかし待て。赤くてガン飛ばしてくる相手とは全面抗争、というニホンザルと同レベルの社会性では、こっちのお里が知れる。相手に拘らず紳士でいなければ、と考え直して笑顔で会釈したんだが、

「チッ」

思いっきり舌打ちをされたことで、歩み寄る気は消えて失せた。すわ一触即発、と身構えたが、店員はそれっきり何のアクションもなく、手元の雑誌に視線を落としてしまった。どうやらちょっ

とフリーダムなだけの、ただのサボり店員です、ということらしい。

どこかガッカリしつつ、店内を巡る。栄養剤、身の回り品、食品など、ごくありふれたラインナップ。なんの変哲もないコンビニだ。店員以外。

ペットボトルの番茶を手にし、レジへ。

「……フゥー」

やはりこの店のハイライトは彼女だった！　まさか店番中の来客中に店内で喫煙とは！

「……買うのかよ……」

買います。買わせてください。お客様という名の神様に僕はなる。

「一二六円」

レジを通さないだと……！　店員様の言い値で進む取引！　神は死んだ！

「あの、ちょっといいですか」

「あぁ？」

「実は道に迷ってしまって」

そろそろ怒ろうかと思っていた僕は即座にヘタレた。しかし情報は引き出さねばならない。勇気を奮い立たせて質問を続ける。

「町はどっちにあるでしょうか？」

「あっち」

「いやその、できれば地図とか」

「ない」

ははは、こいつ。

「いや、そんなはずはないでしょう？　コンビニはよく道を聞かれるから、地図は常備してるもんだって聞きますけど」

「知らねえよ、ないもんはねえ。大人しく来た道戻れよ」

「もう数時間迷ってるもんで、どうか地図を探してみてもらえませんか……？」

「あーもう、うっせえな……待ってろ」

苛立たしげに煙草をカウンター上の灰皿に押しつけて消すと、店員はバックヤードに引っ込んでいった……と思ったら、すぐに出てきた。

「あったわ」

手には地図。あるじゃないか。というかないわけないじゃないか。

「これがこの店……で、十字路を北へ行け」

機嫌の悪さ二割増しくらいに見える店員によって、説明がなされる。

「しばらくしたら陸橋があっから、渡れ。最初の分岐のとこに大岩があっから、そこを右折して、あとは直線」

「……え、この道？」

「ンだよ」

「いや、この先何もなくないですか？」

「……書かれてねえだけで集落があんだよ」

「ふむ……そこ以外なら？」

「藤良村《ふじよしむら》まで行くには峠道を二時間。こっちなら三〇分で着く」

藤良村……これか。距離的にはそう遠くなく見えるが、道路が恐ろしく入り組んでいるのは確かなようだ。要は舗装されただけの古い峠道なのだろう。ここまで散々迷ってきている以上、そっちを目指すのは確かに避けたいか……

「じゃあ、こっち行ってみます。ありがとうございます」

「金」

「……はい？」

「払ってねえだろ、茶のやつ」

「ああ、じゃあ五〇〇円」

「ふん（チーン、ごそごそ、じゃららら）」

「──なぜ、お釣りを無断で募金箱に入れるんですか」

「小銭多いとウゼーだろ」

すげえの一言である。

礼もそこそこに、ペットボトル（袋をくれなかったのでハダカだ）を持って店を出た。

山中異界

駐車場でお茶を飲みきり、空を見上げると、雲隠れの月がコンビニの光に負けない輝きを放っている。が、不良店員に乱された心は収まらず、ペットボトルを屋外のゴミ箱に放り込むと、わりと荒くアクセルをかけて発車した。

案内通り、すぐに細い陸橋が見えたので、それを渡り、最初の分岐に到る。道祖神（道の守り神として設置された石碑）のような、ただ妙に縦に長い大岩がひとつ。それがなければ気付けないほど、横道への入り口は狭い。慎重に曲がって、進入する。

思えばこの時、僕は既に冷静じゃなかった。その道は明らかに狭く、見通しも悪すぎた。警戒して躊躇《ちゅうちょ》すべきだったのだ。

数分後、急に前輪がガクンと落ち込む。反射的にブレーキを引いたが時既に遅し。浮遊感とともに、僕は前方に放り出され——一瞬ののち、衝突音と、衝撃と、不愉快な痛みが襲《おそ》った。

「————痛《い》って————」

空中でほぼ一回転して背中から落ちたため、一瞬息が止まり、直後、全身の骨がバラバラになるような痛みを味わった。

しばらく倒れていたが、痛みは徐々に引いていき、大怪我は負っていないように思われた。グローブ越しに草の感触。落ちた場所がよかったのだろう。立ち上がってみても、痛みは軽微だ。が、バイクは……

「……あーあ」

少し先に、横倒しになっていた。エンジンはまだ回っているが、空回りする後輪が嫌な音を立てている……これは逝ったかな。近付いてエンジンを切り、キーを抜いておく。

起こせるか試してみたが、すぐに諦めた。前輪がぬかるみにはまってしまっている。下手に動かすとタイヤが滑り、より悲惨なコケかたをしかねない。

ライトも切ったら完全な真っ暗になったため、ジャケットの内ポケットから携帯電話を取り出し、開いた。二〇〇三年春の最新モデルで、二つ折りタイプのなかでは機能と耐久性が抜群にいいやつだ。電波表示は当たり前のように圏外だが、いま期待しているのは頑丈さと照明機能なのでよしとする。ツールボックスから『ライト』アプリを立ち上げると、頼りない光が、それでもはっきりと足場を照らしてくれた。

どうやら僕は崖に突っ込んだんじゃなく、急な下り坂を高らかにジャンプしただけのようだ。道はまだ続いている……未舗装の砂利道が。オンロードバイクで進めるわけがない。コンビニ店員、殺す気満々だな。

道は細く、木立の間を縫ってまっすぐ森の奥へと続く。そのずっと先、かすかな灯りが見えた気がした……店員情報では、じきに人里のはず。近くまで来ているのか？

道の奥を目指し、歩き始めた。

……どれくらい進んだだろうか。藪《やぶ》の向こうには確かに灯り。思ったより弱い灯りだ。懐中電灯か何かかもしれない。水の音も聞こえる。川が近いんだろうか。

「すいませーん、誰かいませんかー」

大声を投げかけつつ進むが、返事はない。

「すいませーん」

さらに進み、前方に光を向けると、木々が途切れ、やはり川があった。目を凝らす。チョロチョロした小川かと思ったら結構立派な川だ。

あまり深くはなさそうだが、向こう岸までは二、三〇メートルはありそう。灯りはその向こう岸だ。やはりランタンか懐中電灯か、人工的な灯火が思ったより低い位置で輝いているのが見えた。人の姿は確認できず。呼びかけにも反応はなし。

少しためらったものの、水流に足を踏み入れた。すぐに靴下まで冷たい水が侵《おか》す。初夏の水は冷たく、流れは速い――途中膝まで浸かって、冷や汗をかいた。ふと自分が異常な行動をしていることを自覚したのは川の真ん中、もう遅い。

大岩に手をつきながら、なんとか沢を渡り切った。身震いしつつ、もたもたと歩く。靴が不快な水音を立てる。途中からうすうす視認できていたそれに、近付く。

地面に転がった、懐中電灯。

地面といっても狭い河原でしかない。そのすぐ向こうでは鋭い岩質の崖が、遥か上へと切り立っている。改めて見回しても、河原には人の気配はない。

古臭いプラスチックの懐中電灯の電池残量はたっぷりありそうだ。わりとついさっきまで使用者の手の中にあったと考えるべきだろう。しかし使用者の姿はない。こんな山奥の河原で。

事故？　懐中電灯を照明として地面に置き、渓流釣りか何かをやっていて、誤って川に転落し流された？　しかし、懐中電灯は下向きで石と石の間に埋もれるように放置されており、灯火として置かれたようには見えない。転んで灯りを取り落とし、さらに川に落ちた？　しかし、懐中電灯はかなり崖側にあり、使用者不在の理由に結びつかない。

……考えれば考えるほど、不自然に思えてきた。異常な事態が起きたと考えるべきか。

たとえば、誰かがここで野獣に襲われて川に落ち、これを取り落とした。たとえば、ここで何らかの犯罪行為があり、これは被害者の遺留品である。たとえば、どこかの間抜けを灯りでおびき寄せて、死角から襲う罠である、とか……。

死角？

——頭上？

「こんばんは？」

顔を上げたのと、こわばった声を聞いたのは、同時だった。

崖は、複数の巨岩により形成されている。その岩の陰から、声は聞こえたように思えた。

「……こんばんは？」

声に躊躇と警戒がにじむのは避けられなかったが、それでも精一杯社交的に、応えてみた。

「あー、人だ！　びっくりした！」

こっちのセリフだ！　声の主は若い女性のようだが、一足先に警戒心を解いたらしく、

「悪いんだけど、それ取ってもらえます？」

早速のリクエスト。どうやら事態が呑《の》み込めてきたぞ。

「……落としたってわけですか」

言って懐中電灯を拾うと、おもむろに灯火を声の方に向けてみた。

「やん」

黄色い声とともに光を手で遮ったのは、確かに、若い女性のようだ。意外と近い。彼我《ひが》三メートル、一階と二階くらいの距離感だろうか。ＯＤカラーのジャケットの袖と、その奥でおさげ髪が躍るのが見えた。

「眩《まぶ》しいなっ」

「お……失礼。ちなみにこっちはこういう者ですが」

「コワいです。下から照らさない」

「実は当方、道に迷っており」

「だとすると割と究極的に迷ってますよ」

「えー。ここって人里ですか？」

「難しい質問だなー」

「にわかに雲行きが怪しい……あの、できれば助けてもらえないかと」

「助ける」

「雨露しのげて野生動物がいなければ何でもいいんで」

「んー」

大岩に肘をついて、難しい顔をする女性。幾ばくかの思案ののち、

「じゃ、ウチ来ます?」

真顔でそう返された。ウチ。すなわち民家。人里。勝利は目前。だが。

「……いいんですか?　頼んどいてなんですが」

「何がです?」

「何がというか、あー、普通は断るシチュエーションだとは理解しつつも、今は臆面もなく上がり込むくらいには切羽詰まった状態だぞってなもんで」

「え、男として?」

「違う、一個の生命として!　数時間迷ったあげくバイクでコケて、わりと限界でして」

「あらら……なら、見捨てるのもどうよって感じじゃないです?　一個の生命として」

素晴らしき一個の生命同士の絆により、救済されることになった。

「じゃあ、手、いいです?」

彼女のその問いかけが何を意味するのか、一瞬分からなかったが、

「そこ、一人じゃ登れないでしょ」

補足により、意図と、この崖を登らなくてはならないらしいことを理解した。

疲労もあるが、ここは気力の出しどころだろう。彼女が差しのべたのが左手だったので、僕も左腕を頭上へと伸ばす。細い指が存外力強く、僕の手をつかまえた。

女性は、「芹沢千枝実《せりざわちえみ》」と名乗った。

現在二一歳で、ここからは遠い地方大学に通う学生だとか。今は試験休みで、郷里であるここに戻ってきているのだとか。そんな会話ができるようになったのは、岩だらけの崖を抜けた後のことだ。崖には一応道があり、ロッククライミングは避けられたものの、ハードな道を抜けるまでは互いに無口だったわけだ。

「ちなみにそちらは？」

「ええと、名前は房石陽明《ふさいしはるあき》。東京で大学院生やってます」

「あっ、じゃあちょっと年上」

「二四だから、芹沢さんと三つ違いかな。でもまあ同世代でしょ？」

「千枝実、でいいですよ。敬語とかもいらないです」

「じゃあ僕も呼び捨てタメ口がいいな」

「えー、ですか？」

「女の子に親しくされてるみたいで嬉しいからね」

「あはは、なるほど。実はわたしも堅苦しいのニガテなんで、じゃ遠慮なく」

何ら気を遣うこともなく、すぐに打ち解けることができた。

「うちはもうちょっと先だから、足元に気を付けて、灯りだけ見て」

「何かあるの？」

「この辺、石ころだらけで危ないんだ」

言われたそばから、石ころというにはあまりに大きい一抱えほどの岩につまずきそうになった。

「あと、今夜はずいぶん暗いしね」

いつの間にか、月は完全に隠れている。確かに、と同意し、足元に注意しながら彼女の灯火を追うことに集中した。

乙女と毒

『ちょっと待っててもらえます？　着替えちゃうんで』

そう言われたので、玄関の前で立ち尽くしている。

連れていかれたのは、山中の集落ということで想像していた古民家みたいなのじゃなく、アパートだった。どうやら林に半分飲まれたような立地に建っているようだが、暗くて全容や周辺状況は分からない。玄関回りを見る限り、軽量鉄骨、築二〇年、とかだろうか。ちなみにここは二階、二〇二号とある。階段の構造から見るに二階建で間違いないだろう。

サビの浮いた階段を上っている時には既に雨音がし始めていたが、だんだんと雨足は強まってきている。いっそう外の様子は窺《うかが》えなくなり、頭上の蛍光灯とドア、それだけが舞台装置となる。

心細さは、正直ある。

眼前の扉の向こうで女性が着替え中、という楽しい事実を思い出して、気を紛らわす。

ややあって鍵が開き、

「お待たせ、上がって」

ジャージに着替えた、笑顔の家主が登場。

わくわくしてきたぞ。


「なーんにもないでしょ」

「なんにもないね」

「でもクーラーの中はホラ」

「すばらしい」

「飲みますか！」

「やったぜ！」

言葉通り、部屋はほぼカラッポだった。四畳半ワンルーム。部屋の真ん中にちゃぶ台、部屋の入り口にクーラーボックス。奥の隅に大きなショルダーバッグ。あとは相当に年季を感じさせる本棚が二つあるものの、中身は空っぽだ。生活感も洒落っ気もない。

が、問題ない。女の子の部屋というだけでどんな場所もワンダーランドだ。加えてクーラーボックスには缶ビールや缶チューハイがずらりとくれば、他に何を望むというのか？

「じゃあ、大変だった陽明さんに、お疲れ様ー！」

「地獄で出会った仏様に乾杯！」

それぞれ缶ビールを開け、軽く打ち合わせたのち、口へ。

……ああ、うまい！　爽快な炭酸の刺激と苦みが、舌から全身に染み渡るようだ！

「ぷはぁ、おいしっ！　このためだけに生きてるぅ！」

「その若さでそれはないでしょー」

「言い過ぎた！　愛や将来にもまだ絶望してませんっ！」

「ところが『就活』という影が迫る」

「いやーやめて！　せっかくのビールがまずくなる！」

言って彼女は笑い、缶を大きくあおった。うーむ、彼女、いける口だな。

「……お誘いに乗っておいてなんだけど」

「なにー？」

既に頬に赤みが差している彼女。酒に強いわけじゃないのか？

蛍光灯の下で見る彼女は、控えめに見ても整った顔立ちだと思う。黒髪ロングの後ろ側は一本おさげにまとめつつ、残りはワイルドに散らしていて、総じて活動的で朗らかな印象だ。アーモンド形の大きな両目が、ためらいなく僕の目を正面からのぞき込んでいる。

ジャージ姿に色気はないものの、うっすら化粧はしているようだ。端的に言って、魅力的である。

男である僕から見て。

「僕は完全に正体不明の自称迷い人だよね」

「そうねー」

「君は年頃の女性。いまは深夜。ワンルームの密室で男と二人きり。その上アルコールまで入ってしまった」

「おー」

「身の危険を感じたりとかは？」

「んー」

思案しながら、彼女は缶をあおり続ける。細い喉が、こくこくと動いている。

「あんまり、ないかな」

「それは」

「芹沢千枝実クーイズ」

「イエーイ」

「問題！　ふと気付いたら貞操が瀬戸際！　にもかかわらず芹沢千枝実は特に身の危険を感じない！　何故《なぜ》でしょう？」

ノリのいい子だな！　普通に好きになってきたぞ。つまり彼女の危険は高まる一方だ。

「質問オーケー？」

「どーぞ」

「僕が良い人っぽい、という答えはナシでいいかな」

「悪い人に見えるってわけじゃないけど……まあナシかな。女の子慣れしてそうだし」

光栄な話だが、つまり彼女は僕のことを正しくリスクとして認識しているわけだ。

「うーん……考えられる回答は大きく分けると二つかな。『想定外だが何が起きても問題ない』。もしくは『想定通り』」

「ふむむ？」

「前者は、色々考えられるかな。たとえば千枝実ちゃんが何かヤケッパチになっていて、どうにでもなれって場合」

それこそ、数時間前の僕のように。

「あるいは、十分な自衛手段がある。実は護身術の達人で、僕なんか軽くノセるとかね」

「おー論理的ぃ。陽明さん理系だね？」

「ええと、まあそうかな。一方で後者つまり、この状況が君の想定通りって場合は……」

「たとえばわたしがエロエロですとか」

歯に衣《きぬ》を着せなさい。

「あははは、酔っぱらってきたなぁ。さて、他には何があるでしょう？」

他に、見知らぬ男を部屋に上げる理由？　となると少々常識の枠から外れないとだな。

「僕の存在が、君の利益になる、とか。たとえば、アリバイ工作。君がここにいたと後日僕が証言することで君が有利になる」

「おおーっ！　ちゃっかり利用するわけだ」

「……あるいは、千枝実ちゃんが恐るべき殺人鬼で、僕を酔っ払わせてぶっ殺す」

「ほおーっ！　やまんば！　いいね、ぶっしゅぶっしゅ殺しちゃう」

ものすごい擬音だな。

「ちなみに、今出してもらったの、とても大事なケースを外してますね」

「あれ、抜けてた？」

「うん。わたしがとっても良い人で、陽明さんを助けてあげたい一心だっていうケース」

「……」

これは、自分の心の汚さを恥じる所？

「……いやでも、それで自分が襲われるかもって考えたら」

「おー、襲うって言っちゃったよこの人」

「あーあー、えー、一般論！　一般論ね」

ピンポイントで顔を赤らめて黙る彼女はやたら可愛らしくて、狙《ねら》ってんじゃないかと疑いたくなるほどだ。やばい酔ってるな。ちなみに向者二本目に手がかかったところだ。どう考えても空気がおかしい。

「一般論でいえば、ただの善意で見知らぬ男を泊める女があるかー、ってことですー？」

「そ、そうだね。その感じはどうしてもあるかな」

「……んー、じゃあこういうのは？　泊めないと、もっとひどいことになる。それはさすがに忍びないな、とか」

「む……ごめん、もうちょっと詳しく」

「この辺りには怖い野生動物が出ます。明日にはこの人はズタズタに引き裂かれてしまうかもしれません。見捨てたら寝覚めが悪そう。それならまあ泊めてあげようかしら——」

「……なるほど、身の安全と良心の呵責《かしゃく》を天秤にかけるってわけか。これは想定外」

「想定外かー。この人だいぶ悪い人なんじゃないかって気がしてきたなあ」

「え、そう？」

「だって善意を選択肢に入れるまえに殺人鬼とかアリバイとかエロエロとかさ」

「エロエロは君が言い出したんでしょうが」

「そうだったっけ〜♪　で、答えは？」

「えっ、これって単なるバカ話じゃないの」

「いち、やけっぱち！　に、アリバイ！　さん、エロエロ！　よん、見捨てるよりマシ！　正解者には素敵なプレゼント。不正解者はぶっしゅぶっしゅ殺します」


　マジか。


「三番、エロエロ！」

「即答かーい！」

「果たして結果は！」

「ぴんぽん！　正解です！」

やったぜ！

「まるでエッチマンガのような展開！　正解おめでとー！　さあかかってこい！」

「だが待ってほしい。迷った先で好都合な展開、というのは、物語上明らかに後々ガクッと落とすための前フリである」

「はっ確かに。キツネに化かされたとか、亡霊、つまりわたしに祟《たた》り殺されたりとか、シャレにならない病気うつされたりとか」

「そうそう！」

「でれれれっ！　てれれれっ！　でれれれってってれれれれっ！　さあ、世にも奇妙な扉を開こうぜ!?」

「見えてる地雷は踏まぬ！　パスで！」

「がーん！」

けらけらと笑って、思い切り缶をあおる、芹沢千枝実氏。

これがマジなお誘いではなく、ギリギリアウト気味な鞘当《さやあ》てごっこに過ぎないことは、さすがに僕も大人なので理解できる。ただ、他の選択肢は不正解だったのだろうか？　どれも論理的には十分ありえたし、どれも否定はされていない。事情があって自暴自棄、なんらかの後ろめたい行為、周辺環境に危険……どれもリスクだ。

ちょっぴり、怖い。

しかし、だからこそ、しつこく聞き出そうとするのは、「エロエロ」方面で粘るのと同じくらい無粋じゃないか？　それよりは、このまま彼女との談笑を肴《さかな》に盛り上がったほうが楽しそうだ。そう判断した僕も、手元の缶を思い切りあおって空けると、次の缶に手を伸ばした。二度目の乾杯。

そして、夜は更けていった。

二〇〇三年五月一二日（月）

霞んだ異郷

……すさまじい頭痛とともに、目が覚めた。

朝か……？

日光が、スリガラス越しに部屋を満たしている。携帯を取り出して開くと、時間表示は七時……寝てしまったのは二時か三時だったはずなので、睡眠時間を考えればもう少し寝た方が健康にはいいはずだ。が、健康について今更気にする意味とは……？

ハッキリしない思考を整理すべく、周辺把握に努める。四畳半。殺風景。大量の空き缶とつまみのパッケージ殻。益体《やくたい》もない下ネタ話でゲラゲラ笑いながら意識をロストしたままの状況。一応、目覚めたら廃屋だった＆横に寝ていたのは白骨死体だった、なんてホラー展開はないみたいだ。

……いや、ある意味で、もっと悪いか。

「……………うぶ…………」

ちゃぶ台挟んでブッ倒れているお方が、ごぼごぼ、と不自然な息づかいをされている。恐る恐る見ると、地獄で出会った仏たる芹沢氏は、ものの見事に寝ゲロをなさっていた。どうしよう。宿を借りた身で、最悪、なんて評するのはさすがに恩知らずすぎるよな。

「千枝実ちゃーん」

「…………ぷひゅー…………」

だめだ。起きない。仕方ないので、最善を尽くすことにする。


……こんなもんか。

床は掃除した。洗面所にタオルがあったので、濡らして顔も拭かせてもらった。まだ全然起きない。あとは髪やら服やら……これはさすがに自分でやってもらうしかないな。

「千枝実ちゃん」

「……ん……朝ぁ……？」

「お目覚めかい。ちょっと出ておくから」

明るくそう言って、玄関へ。彼女は当然シャワーを浴びたり着替えたりするだろうから、その間この建物の周りで時間をつぶそうと思ったのだ。

戸を開けた瞬間、風が吹いた。目の前の木の葉にたっぷり含まれた水分が、大粒の雨のように散ってきて、思わず顔をしかめる。

外の光景は、葉の緑と、葉の露のきらめきに、完全に遮られていた。手を伸ばせば枝に届く。木が建物を食ってるような有様。木の間から他の建物でも見えないかと、軽く枝を手でどけてみた。

その時——それは見えた。

伸び放題の、雑草の草っぱら。そこに佇《たたず》む、少女。

白い髪の、奇妙な衣装をまとった、目を閉じた少女——いや、目は今、開いた。

澄んだ血のように赤い目が、こちらの目と合った、気がした、直後、
善哉《よきかな》——

耳元で何かの声を聞いた気がした。思わず振り返っても、当然無人。すぐに再び枝をかき分けたが、先ほどの草っぱらに少女の姿はどこにもない。

幻覚か？　それとも……なんだ？

ここはどういう場所なんだ？　神秘的な場所？　あるいは何かヤバイ場所？

色々な憶測をとりあえず脇にやる。これは探検のしがいがありそうだ。

一階に下りてみたが、少女どころか人の気配がない……が、草を分ける足跡を見つけた。足があるなら由緒正しき怨霊の類《たぐい》ではなさそうだ。

足跡を辿《たど》ってみると、すぐに開けた場所に出る。荒涼としたサラ地の真ん中に、プレハブがひとつ。工事現場だろうか。どことなく、荒廃した雰囲気だ。

足跡はサラ地の端を通って、坂を下っていく。相変わらずの未舗装路。道の脇は草ぼうぼう。どうやら草刈りや剪定《せんてい》は全然重視されてないようだ。

草むらは生命にあふれ、そこらじゅうで毛虫やクモが蠢《うごめ》いている。このあたりの虫には別に忌避《きひ》感はない。僕が真に恐れる虫は、長大な触角と不潔な油膜と無駄な駿足と脅威の繁殖力を備えて文明に潜む例の黒い奴だけだ。

草むらを見ていると、所々、にゅっと背高な岩が突き出しているのに気づく。何だろうこれは。天然ものか人が置いたものかも分からず、無視して足跡を追う——その先に民家らしきものがあるのが分かり、にわかに色めき立つ。

駆け寄ってみると、木造茅葺《かやぶき》のだいぶ傷んだ古民家だ。その先を少し進むと下り坂になり、小規模な棚田が広がる。絵にかいたような田舎の光景だが、やや奇妙なのは、民家の戸口そばにも、草むらの中に見たような岩が立っていたことだ。僕の背より少し低いくらいの巨岩、いや、石碑か？　民家にも人気《ひとけ》はない。田園地帯へと続く足跡を、引き続き追うことにする。

棚田には水が張られ、弱々しい若い稲が、それでもきちんと植えられている。所々に背の高い岩が立ててあるのが相変わらず奇妙だが、概して平和な農村の光景だ。

ここからは集落の全容がおよそ一望できる。どうやらここは、山肌を縦に引っかいて付けた痕《あと》のように、上下に細長く開けた場所のようだ。棚田を下ってゆくと小さな広場があり、そばにはまたも奇妙な大岩とともに、いくつか民家が——かなり簡素な木造小屋だが——密集しているのが見える。

そのまま山肌を下ると、集落は途切れ、やがて崖として落ち込んでいる。おそらくその下は、僕が昨日迷い込んだ河原だろう。その他の三方は切り立つ崖と森林によって隔てられている。その外側はどっちを見ても山と空しか見えない。

観光地なんかじゃない、完全な私生活の拠点で、かつ外部から隔絶された場所。

これ以上不用意に踏み込むのはよしたほうが良さそうだ。千枝実のところへ戻ろう。

そう、思った時のことだ。

突然、辺りに音が響いた。サイレンじみた、質の悪い録音音声が。

見れば、眼下の広場に立つ木製の電柱に据えられたスピーカーから発せられている様子だ。単なる騒音ではなく、音はメロディーになっているようだ。

朝の町内放送、か？　曲は聞いたことのないものだ。割と明るい曲調だが、途中、突然暗く調子が変わる箇所もある。どことなく、不安をあおるような曲——

戸惑ってる間に、事態はまた動いた。

眼下、広場付近に、人影。

しかし、普通じゃない。

何だ、あの格好は？

顔を何か、布のようなもので隠している……老人、女性？　のようだ。サンバイザーとかほっかむりではない。ちょうど、幽霊が付けている三角形の布を天地逆にして、それで顔をまるまる隠したというような、見慣れない衣装を身に着けている。

老婆はおぼつかない足取りで、広場にある大岩の前にたどり着くと、両手を目の前で軽く結び、顔を隠すような格好で、頭を下げた。そして、静止。その仕草は、うなだれているような――否、うやうやしいと形容するのがより適切だろう。老婆は僕の知らないなんらかの存在に対し、祈りを捧げている。そう、僕には見えた。

まずい。控えめに言って、かなり特殊な文化を持つ集落に迷い込んだに違いない。

特殊な文化が悪いとか不気味だとか、そういう話ではない。僕がここの道理《ルール》を全く知らないのが問題だ。全くの異文化の全く異なる道理《ルール》のもとでは、全く身に覚えのない理由で「悪」として断罪されうる。どんなトラブルが起きてもおかしくない――僕は中腰のまま方向転換した。

小走りで坂を駆け上がり、一軒家の横を駆け抜け、工事現場を通り過ぎ、アパートの前まで戻ってきた。芹沢千枝実。どう動くにしろ、彼女から道理《ルール》を教わらなければならない。彼女は少なくとも、理性的に事情を聞ける人物のはず。信用できるはずだ。

……本当に、そうだろうか？

『……あるいは、千枝実ちゃんが恐るべき殺人鬼で、僕を酔っ払わせてぶっ殺す』

『ほおーっ！　やまんば！　いいね、ぶっしゅぶっしゅ殺しちゃう！』

――まさか、な。


いつの間にか、放送は止《や》んでいた。

千枝実は何故か、部屋から出てこない。ノックをしても、声をかけても、反応がない。

まさか。いや、しかし。

……もしや、今すぐ逃げるべきなのでは？

道は全く覚えていない。が、集落を避けて崖を下れば、沢に下りて、獣道を通って、コンビニまで脱出できるはずだ。考えれば考えるほど、それが最善に思えてきた……。

三度深呼吸して、腹を決める。よし、逃げよう。

幸いバッグは携帯している。財布を取り出し、五〇〇〇円札を戸の新聞受けに挟み込んだ。相手の素性に拘らず飲み代を踏み倒す不義理は働きたくないからな。

これでよし、と、階段に向き直った僕だったが、
その眼前で、ぎいぃ、と、階段前の部屋の戸が開いた。

その隙間から、ぎょろりと剝《む》かれた眼が、こっちを見て――


「きゃあああああああああああ‼」

耳をつんざく金切り声！　それに驚いた僕は情けない叫び声を上げ、それでも逃げようとして足を滑らせ、無様に転倒する――

どたどたどた、

「ハルちゃん、どうした⁉」

「うわ、誰このおっちゃん」

「わっ……あなた誰ですか⁉　ていうか大丈夫ですか……？」

……なんだかまともそうな声が聞こえたので、痛みを振り払って顔を上げた。

詰め襟学生服を着た男子が、二人。

背の高いメガネの子と、背の低い、制帽を深く被った子の二人組。

変な覆面は、していない。

寮生たち

「大丈夫ですか」

顔つきも物腰も理知的な感じのするメガネの子から、二度目の質問。

「あ、ああ。ちょっと驚いただけで」

そう答えると、背の低いもう一人が、

「おっちゃん、チエネエの友達？」

と尋ねてきたが……ちえねえ？

「……ああ、千枝実ちゃんのことか」

「大学のお知り合いですか？　お知り合いが来るなんて聞いてなかった」

「いや、色々あって助けられてね……怪しい者じゃないんだ、怪しく見えるだろうけど」

「怪しいなあ、おっちゃん」

「ええと……どうすればいいのかな。とりあえず名前は房石陽明といいます」

「僕は織部《おりべ》泰長《やすなが》です。こっちは醸田《かもしだ》近望《ちかもち》」

「モッチーだ」

敬語ができる背高メガネが織部泰長、敬語ができない小柄なのが醸田近望ね。おうモッチー。僕はおっちゃんと呼ばれる歳じゃないぞ。念のため。

「それでこっちが……春《はる》ちゃん何してんの」

「だって、だって知らない人が……!!」

相変わらず、ドアの隙間からの声。どうやら僕を覗《のぞ》き見るや絶叫したあのギョロ目の持ち主は、春ちゃんというようだ。

「とりあえず大丈夫そうだから出ておいでよ」

彼の呼び掛けに対し、一拍置いてドアが乱暴に閉められ、がちゃがちゃと音がしたのち、おそるおそる開けられた。

「……」

うわ。

現れたのは女子だった。青春の悩みだか体制への反発だか僕への怪しみだか知らないが、強い不満と疑念を眉間に溜めまくっている女子。いちおう学生と思われる。あんまり怖くないのは、ベースの顔付きが愛嬌のあるタヌキ顔だからだろうか。しかし、そのアバンギャルドなファッションは何だ。

クセの強いショートヘアをアシンメトリーに分けて左右別の髪飾りで固定。右もみあげ付近に地毛より遥かに明るい茶色のエクステ。パープルチェッカーの腕章。制服らしきジャンパースカートを上げるかなにかして超ミニに改造。うすらデカいピンクのベルトにうすらデカい謎のフサフサを装着。左右でずらしたピンクストライプのニーハイ。たすき掛けにした明らかに児童用の水筒、等々……パーツは総じて安っぽく、運用は総じて斜に構えすぎている。洒落者を気取るつもりはないが、さすがにこの子のファッションがクレイジーなことは理解できる。というか学校で怒られないのだろうか。

「……あなた、誰ですか……」

クレイジーファッションリーダー「春ちゃん」が、眉間のしわと同じくらい深い疑念の籠《こも》った声で問うてくる。

「ええと、房石陽明といって……この近くでバイクで事故って、芹沢千枝実さんに助けられたんだ」

「え、それって、もしかして。昨日の夜、千枝ねえの部屋に……」

「あ、うん、泊めてもらった——」

僕のセリフは、「春ちゃん」のヒステリックな金切声で掻《か》き消された。

「どうりで騒がしかったと思った‼　なに⁉　なに考えてるの⁉　嫁入り前の女性の家に！　ふ、不潔‼」

「ああうん、それはその通りで僕もちょっと躊躇はしたんだけど千枝実ちゃんが親切で」

「千枝実ちゃん⁉　馴れ馴れしいっ‼　そ、それじゃあもしかして、千枝ねえが出てこないのって……」

寝ゲロを自己処理してもらってるだけです！　とストレートに抗弁しようか躊躇した一瞬のうちに音もなく忍び寄ったモッチーがドアを凝視しつつ、

「ドアに五〇〇〇円挟んであるじょ」

やめろ！　やめてくれ！　「春ちゃん」がオペラの高さとメタルの荒さでシャウトし出しただろ！

「ふ、房石さん、まさか」

「君までやめてくれ！　違う違う、単にお酒をおごられたからそのお返しで！」

「千枝ねえのカラダが五〇〇〇円ってそんな安いわけないでしょ⁉」

「ただれてるナァー」

何を言い出すのか、この子らは！

「あーきみ、助けてくれないか」

「……初対面で女性の部屋でお酒を飲んだんですか。そして千枝ねえは出てこない……」

まずい、味方がいない。

その時、

「一体なにごと……」

隣の部屋から出てきたのは、芹沢千枝実その人だった！

「おお千枝実ちゃん、君からも事情を……説明……」

「………」

その沈黙と、悲しげな眉と、涙を浮かべた両目と、噛みしめられた唇は何ですか。

「千枝ねえ……まさか……」

目ん玉をひん剝いて震える織部泰長少年の前で、あろうことか芹沢千枝実氏は、

「……恥ずかしいトコロ、見られた……もうお嫁いけない……」

火に油を注いだ。ああ。大騒ぎだ。青い顔でニヤニヤしてんじゃないぞ千枝実さん。

その後なんとか説明を尽くして誤解は解けた。春ちゃんはまだ不満そうだったし、モッチーは騒ぎ足りないみたいだったが、織部泰長くんが上手《うま》くなだめてくれて助かった。しばらく雑談――男泊めるなんて不用心だとか、千枝ねえらしい大雑把な措置だとか――で盛り上がったのち、ふと思い出したように僕に問いかけたのも織部泰長くんだった。

「ちなみに、千枝ねえと会ったのってどこです」

「えっと、それは――」

千枝実が言葉に詰まった意味も考えず、つい即答してしまった。

「下のほうの河原だよ」

言った瞬間、全員の表情がさっと変わった。

「……それは、ちょっと」

「大騒ぎだぁ」

「……二日連続で、二人もだなんて……」

顔を見合わせてぶつぶつモードに入ってしまう少年たち。

「もしかして、マズいこと言った？」

「はぁ……まあ、いずれバレることか。さっきあれだけ大騒ぎしちゃったし」

遠くを見る目をこっちに向けてくれないのは何故でしょうか。

「あーきみ、二日連続で二人もって何のこと？」

「触らないで！　汚い‼」

触ろうとしてないし汚くもない！　いや確かに風呂は一日入ってないが！

「君、なにが騒ぎになるの？」

「多恵《たえ》バアあたりがキョヒーってなる」

キョヒーってなるのか。それは大変だ。

「……詳しい話を聞かせてくれない？」

「ちょっと説明は難しいんですけど。まあ、ここは街と色々違うってことですよ」

期待どおり織部泰長君はだいぶ話せるようだが、歯切れはだいぶ悪い。推《お》して知れるのは、やはり僕が何かの道理《ルール》を破っていたらしいということだけだ。

「どうすればいいかな」

ふんわりとぼやくと、ようやく千枝実が反応してくれた。

「まー、千枝実が何とかしましょう。学生諸君はとりあえずゴハンいかないと」

「えー、このコンランには乗るっきゃない」

「乗るっきゃなくない、モッチー。とりあえず行っちゃいな。わたしら遅れて行くから」

「まあ、ちょっと時間ずらしたほうがいいよね。モメそうだし」

「さすが泰《やす》くん、察しがいいぞ。ごめんけど二人のお守、よろしくね」

「――う、うん、任せて」

言って、織部泰長くんは少しはにかんだ様子を見せる。

「も～千枝ねえ、子ども扱いはやめてよ～！」

「そうだ、うんこしてやるぞ」

「ほらほら行くぞ、春ちゃんにモッチー」

騒ぎつつ、学生組は退場。短いやりとりだったが、人間関係が透けて見える気はした。

「彼らが、この建物の他の住人？」

「そういうこと。学生寮だからね、ココ」

学生寮……こんな田舎にか。どういう事情なんだろう。

「……ちなみに陽明さん、他の人と出会ってトラブったりしてないよね？」

「あ、うん。一応それ警戒してたから」

「なら良かった。よし、ちょっとしたら食堂にいきましょう」

「あ、朝食？」

「ノー。朝食は今から食べてください。食堂へは、一応、面通しをしにいくの」

「え、誰と」

「よそ者が皿永《さらなが》からやってきたってことに文句を言いそうな人たち」

……なるほど。さっき名前が出ていた「多恵バア」さんとかか。

「お世話になります」

「いいってことです。その代わり、朝のことは秘密で……」

「そりゃもちろん。ところで、皿永って何？　あの河原？」

「そう。あの辺まとめて皿永って呼ぶの。ちょっといわくのある場所でさ」

「いわく」

「うん。あの川はけがれていて、死人が帰ってくる、みたいな伝説がね」

あー。なるほどね。それで縁起が悪いってわけだ。

「他にもその手の道理《ルール》というか、しきたりみたいなのがありそうだ」

「たくさんあります！　なので基本、千枝実ちゃんにおまかせを」

全面的にお任せしたい。

「……ちなみに、身の危険とかは」

「ないない！　でも、色々不愉快な思いをする前に早く出ていけたほうがいいかも？」

「そのための根回しに行くと」

「そーそー！」

迷い込んだ集落は、少々変わったところだった。しかし、多かれ少なかれどこも地域の道理《ローカルルール》を抱えているのだから、普通の範囲内だ。そして水先案内人は十分頼りになる。認識を正し、改めて千枝実の顔を見たが、顔色の回復した表情に悪意やうしろめたさは微塵《みじん》も見えなかった。ただ……

「……？」

早く出ていけ、か。ちょっとさびしい気もするな。

食堂にて

千枝実の部屋に戻り、電気ポットで湯を沸かして、カップ麺を朝食に頂いた。その後身支度を整え、「食堂」へと向かう。道すがら、またいくつもの巨岩が立っているのを見た。千枝実に聞いてみても、「休水《やすみず》に昔からあるお守りみたいなもの」とだけ説明された。あまり言いたくないのだろうか。

ややあってたどり着いたのは、先ほど遠目に見下ろした広場だ。いくつか大岩があり、一際《ひときわ》大きなもの――不気味な老婆が祈りを捧げていたやつ――も見つけられた。

近くまで来ると、思ったよりも集落は荒廃していた。

広場の左手には、掘っ立て小屋とかバラックと呼んだほうがよさそうな木造家屋群がある。雑草と雑木に半ば飲み込まれ、奥には露骨に半壊している家も見える。

一方で、しっかりした建物も二つほどある。ひとつは、広場の右手の、お堂。これだけ明らかに他と比して立派だ。寄合所のようなものだろうか。

もうひとつ、広場の正面にある、これがきっと「食堂」だろう。荒っぽい木造トタン葺《ぶき》だが、二階建。両開きの引き戸は閉じられているが、中からは人の気配がする。無地だが暖簾《のれん》がかかっているのは、一応食堂らしくしてみよう、という意図によるものか。

おそらく、この広場が集落の中心なのだろう。いままでに見た道や建物が、ここの人達の生活基盤。とすると相当に暮らしにくそうだが……などと思っていると、食堂から例の学生三人組が談笑しながら出てきた。話を聞いてみると、食事を終えて、今から学校——山ひとつ越えたところにある分校——に行くのだという。

「……やたら不便だね」

「それでもみんな、あの寮に住めるぶん、優遇されてるんだけど」

「優遇」

「何ていうか。色んな事情から、休水の子供がちゃんと勉強できるように多少ましな場所を用意したのがあそこ、って感じ。わたしは前に住んでた空き部屋を借りてるの」

それ以上は踏み込まないほうがいいのだろう。なるほど、と相槌《あいづち》を打っておく。

余談が過ぎた。差し当たっての大事は面通しだ。僕らは暖簾をくぐった。

「いらっしゃい……あら」

食堂の内装は外見同様に古びていたが、手入れはかなり行き届いているようだった。

「千枝実ちゃん、お客さん？」

店主と思しき女性は穏やかに尋ねてきた。少し歳は食っているが間違いなく美人で、うりざね顔に切れ長の目、垢ぬけない割烹着姿《かっぽうぎ》のわりに洗練された佇まいが、大人の女性の成熟した魅力を醸し出す――とまでいかないのは、きっと表情のせいだ。どこか疲れたような表情のほうが、印象に残った。

そしてその他に、こちらに注視するお客が二人。

七〇か八〇くらいには見える、いわゆる田舎のおばあちゃんが畑で着てる服（あれなんて名前なんだ？　スモック？）を着込んだ、ちんまりした女性。すぐに気づく。多分さきほど遠目に見た、謎の被り物をしていた人物だ。今は素顔だが、背格好が一致する。物憂げな視線をこちらに向けつつも、目をしっかり合わせてはくれない。

その横、一番奥の席に座っているのは、もう少し若く見える、六〇代後半くらいの男性だ。こちらはかなり背丈も肩幅もがっしりしている。着古した羽織にタスキ、股引《ももひき》に巻脚絆《まききゃはん》と、何とも古めかしい出で立ちだが違和感はまったくない。ただ座っているだけで、えもいわれぬ威圧感を放っている。

「うん。紹介するね」

千枝実は女性店主に向かって、実質は明らかに老人ふたりを意識しながら、言った。

「房石陽明さん。昨日の晩、皿永で迷ってたのを、千枝実が保護しました」

反応は、劇的と言ってよかった。女主人は小さく悲鳴を上げ、老人二名は表情を明らかに険しくして腰を浮かす——店に一歩踏み込んだ時から高まっていた緊張感が一気に閾値《いきち》を超えた、そんな感じだった。

「えー気にするのも分かるけど、これは単なる偶然です」

先回りするように、かなり早口で千枝実が言う。

「あの子と違ってこの人は素性が明らかだし、バイクで旧道に突っ込んで事故ったって非常に気の毒な事情もある。そんなわけで、この人がちゃんと帰れるように手伝ってあげるのがいいと千枝実は思います！」

明らかに練習してくれたのであろう、立て板に水で一気にまくし立てたのち、

「……どーですか、みなさまがた」

千枝実は会話の主導権を譲り渡した。

「……」

「……」

「……まあ、それは大変……」

沈黙を保つ老人二人に気を遣ってか、当たり障りのない感嘆を口にする女主人。力関係は明らかだ。

「ちぃちゃんは、なんで夜に皿永なんぞ行っとったかね？」

ややあって老婆がそう尋ねたが、声音《こわね》には疑念が色濃い。

「……虫のしらせ、かな。前の日にあんなことあったし、眠れなかったから」

「そいじゃあやっぱり、よみびとじゃないんかね!」

「やめえ、多恵バア」

会話から読み取れることは、僕が来る前に、僕と似たような事件が起きたということ。「あの子」という言葉——小さい子供が、同じように迷い込んだのか?

千枝実によれば、皿永という川には「いわく」がある。死人が帰ってくるのだと。その死人というのが、「よみびと」とやらだろうか。黄泉《よみ》——日本古来の、死者の国・あの世を表す言葉だ。神話方面にはさほど詳しくない僕だが、死んだイザナミを追って黄泉を訪問したイザナギのお話くらいは知っている。創世神の片割れの美女がゾンビ化して追ってくるので桃をぶつけて撃退するとか、我々の先祖は過激なエンタメ回路を持っていたと評さざるを得ない。

それはともかく、「よみびと」を口にした「多恵バア」さんは、一度ストップが入ったにも構わず、舌をもつれさせながら苦言をまきちらしている。なるほど、この人がキョヒーの多恵さんか。そして、この老人たちに僕の存在と救済を承認してもらうことが、今この瞬間の至上命題であるようだ。

「オイ、どっから来た」

多恵さんを改めて制し、いかめしい老人が問うてきた。

「あ、はい、東京です」

「幾つじゃ」

「歳は、二四です」

「千《チ》ィより上じゃが」

ご老人が鼻で笑う。「年長者なのに、年少者に（そしておそらく、女性に）守られている」という侮りだと理解。僕は千枝実の小声な抗議に構わず、一歩前に出た。

「ええと、申し遅れました、房石陽明です。芹沢さんにも紹介された通り、バイクで事故って迷い込みました」

言葉のチョイスが軽い。内心で自己批判しつつ調節を進める。

「どうやら僕はここでは異分子のようで……変なことを言ったりしたりして、皆さんにご迷惑はかけたくないな、と」

反応を窺う。老人たちの表情変化は乏しいが、少なくとも話は通じている様子。

「それで、芹沢さんに紹介をお願いしたんですが……僕からもあらためてお願いします。すぐ出ていきますから、それまでは僕の存在を大目に見て頂けないかと。それと、どうか、僕を助けてくれた芹沢さんを責めないであげて欲しいんです」

「ちょ、陽明さん！」

再度千枝実を制して続ける。大丈夫、手ごたえはある。

「おそらく芹沢さんは、ここの常識から外れたところで僕を助けてくれたんだと思うんです。彼女には感謝してもしきれません。が、僕も大人です。自分の責任は自分で取る。皆さんにかけた迷惑は、可能なかぎり償うつもりです。ですので、どうかお願いします。僕が出ていくまで、少しだけ時間をください。そして、僕に協力してくれる芹沢さんのことを、どうか悪く言わないであげてください」

言って、頭を下げた。そのままたっぷり五秒、視線を下げたまま頭を上げる。

慎重に視線を戻すと、明らかに感心した表情でため息をついている女主人の背後で、老人たちによる審議が始まっていた。

「ちゃんとしとる、多恵バア」

「あたしゃあ、好かんわね。あんなに髪ぃ茶色に染めてから」

まずい。お年寄り受けする格好じゃなかった。

「よそは皆ああよ。はよう帰せばええ」

「ほいじゃあ好きにしなさいね」

……消極的ながら、承認が得られた、だろうか？

「ハルアキ……ハルか。うちの孫もハルじゃ、紛らわしい」

何の話だ、と思いかけるが、ふと思い出す。

「もしかして、あの？」

「そう。春ちゃんのおじいさんの、巻島寛造《まきしまかんぞう》さんよ」

「……どうも！」

という以上の挨拶が思いつかない。絶叫系アバンギャルドファッションリーダー春ちゃんとは現状ダメなカラミしかないし。

「皿永に突っ込んだか」

未だ意図はつかみきれないが、積極的にコミュニケーションを取ろうとしてくれる以上、峠は越えたとみるべきだろうか。

「いえ、狭い道に迷い込んで転びまして、先に進んだら川が」

「……で、皿永ァのぼったか。なぜ途中で引き返さねェ」

「灯りが見えたもので……」

「それで小一時間か。馬鹿が。ふつう遭難しとる」

呆れ混じりの罵倒《ばとう》を喰《く》らう。小一時間もかかっただろうか？　そういえば、事故ってから千枝実に会うまで時間感覚がない。確かに、今思えば僕の行為は無謀としか言えない。

それから巻島寛造氏はしばらく黙った。思案することしばし、再び口を開いた彼は、

「……わしと匠《たくみ》で見てきちゃる」

そう言った——目を剝いたのは多恵さんだ。

「匠は田を見よるわよう！」

「多恵バア、追い出す思うて手伝わせぇ」

「寛ちゃんはいっつもそうねえ……」

どうやら手助けしてくれるようだが、それで揉《も》めるのはむしろ望むところでは——

「ばあちゃん、おやっさん、どーした」

と、ここで新たな住人登場。

「……千枝実、こいつは？」

頭にタオルを巻いた、作業着姿の大柄な男性が、窮屈《きゅうくつ》そうに暖簾をくぐってきた。

「あ、匠兄ちゃん」

かなりの長身だ。僕は身長一七六センチだが、彼は僕より更に頭一つ大きい。明らかに二メートル級。加えて普段から農作業で鍛えてるんだろう、上も下も骨格からガッシリしており、そこに作業着の上からでもわかる筋肉がぎっちり詰まっている。歳は三〇以上四〇未満ってとこだろう。目は大きく、顔立ちも端整で、ベビーフェイスのプロレスラーだと言われても全く違和感がない。千枝実が紹介してくれて、彼はこちらの事情を、僕は彼の「室《むろ》匠」というフルネームを知るに至る。

「はあ～そいつは災難だったな。あー、おやっさん」

「わしとお前で拾う」

「だな」

極めて短いフレーズで意思疎通を果たす、巻島寛造氏と室匠氏。

「ばあちゃん、ちょっと待っててな。もう農薬は撒《ま》きおわってるから、昼から草刈るわ」

「匠は優しいねえ……」

「ハハハ、こんなもん何でもないって。すぐ、何もなかったようにできるからよ」

「そうねえ」

ようやく笑顔になる多恵さん。この室匠という人は、真剣かつ実直な態度と、明朗かつ温和な態度を使い分けて、多恵さんを立てつつ巻島さんとの問題解決を進めようとしているようだ。見た目のごつさと無関係に、器用で頭の回る人物だと見えた。

　が、何もなかったように、か。千枝実やこの人でさえ、拒絶、疎外の念を隠そうとしないのは、土地柄なのか、それとも特段の事情があってのことか。

「お兄ちゃんや」

　と、不意に多恵さんから声がかけられた。

「え、僕ですか？　はい」

「ここは休水いうてね。あんまりええ場所じゃないんよ」

　……ん？　ここが、良い場所じゃない？　「僕が良い存在じゃない」、ではなく？

「あたしらもよそのもんが苦手だし、よそのもんも触れんがええ。じゃから、早《はよ》う出ておゆき」

　ついに正面から「出ていけ」と言われる。不思議なことに、この拒絶的なセリフは僕には「歩み寄ってくれた」ものと感じられた。

　この人は「よそのもんが苦手」にも拘らずわざわざ話しかけてきてくれ、「自分たちが悪い」と折れつつNOを伝えてきたわけだ。分かり合えない相手とは最後まで分かり合えないのが世の真理、にも拘らず彼女は僕を尊重する姿勢で対話に応じてくれた。そう思えば、敵対的な気持ちも失せるというもの。

「……はい、そのつもりです」

　僕の言葉に多恵さんは何も返さなかったが、軽く瞑目《めいもく》して腰を下ろしたことをもって、会談終了の意を示したようだった。

休水。この場所の名前。しっかりと覚えておこう。

「話はついた感じか？」

「うん！　ありがと、匠兄ちゃん」

「よし、じゃあここまで！　腹ァ減ったなあー」

大きく柏手《かしわで》を打って、会談終了を告げる室匠氏。その時、千枝実がひそかに肩で息をついたのを僕は目撃した。

力関係的には、巻島寛造さんが最も発言力を有してはいるものの、多恵さんの同意を得ること自体も重要と見た。おそらく、集落の実質的な方針決定には寛造さんがあたってきたが、集落の精神的・道徳的な代表者は多恵さんなのだ。

だから、開明的になるべき場所では匠さんが多恵さんを諭してバランスをとる。匠さんはその辺の機微が分かる人だから、千枝実も頼りにしているのだろう。

「はい、ここらでひとつどうぞ」

絶妙のタイミングで、女性店主が老人たちにお茶を出していく。

「おーかおりさん！　俺には飯頼むぜ！」

「ええ、ええ。朝早くからお疲れ様でした。大盛りにしますからね」

「なに、休水とばあちゃんとかおりさんの為なら屁《へ》でもねえよ」

「まあ、うふふ」

女店主はかおりさんというのか。いい感じだな、この二人。歳も近いふうに見えるし。

「……さあ、お客さんもご飯にされます？」

穏やかに尋ねてくる「かおりさん」。客商売だからか、排他性は特に感じない。

「あ、いえ、軽くいただいてきたので」

「それじゃあお茶をどうぞ。おにぎりでもお出ししましょう」

「ああ、それはそれは——」

おっと？

「ごめんなさい、ちょっと急ぎで……電話借りていいかな、かおりさん」

「それはいいけど、お茶くらいは……」

「うんありがとう、でもホント緊急だから、行こう陽明さん」

「……？　うん」

ここは従っておくべきか。


外から見た通り、食堂は二階建だ。客席の奥に階段があり、上るとどうやら居住スペースのようだった。「かおりさん」が住んでいるのだろうか？

ぎしぎしと家鳴りのする廊下の奥には、今どき見ないような黒電話が設置されていた。

「これがここ、休水唯一の電話だから」

……マジで？

「ちなみに携帯電話はどのキャリアも通じませんので」

さっきから自分のケータイを見るたび圏外表示だったので、薄々そうだろうとは。

「でも、どこに電話しろって？」

「ロードサービスとか保険とか、あと必要なら家族にも連絡」

あっ、なるほど。というか、普通は僕が言い出すべきことだ。

「さっきも言ったけど、できるだけここを早く出られたほうがいいから、使えるものは何でも使いましょ」

「……『良くない場所』だから？」

「……えー。陽明さんはとっても察しがいい。でも、あんまり首突っ込まないほうがいいかも？　ほら言うじゃない」

「好奇心は猫をも殺す」

「そうそれ」

「どうせすぐに別れるんだし？」

「うんうん」

「なんだかさびしいな」

「お、千枝実ちゃんのメアドをご所望？」

「くれるなら是非！」

「やったぁ、これで男友達五三人目♪」

「テンションガタ落ちですわ」

それでも一応連絡先を交換させてもらった。我が名がアドレス帳の五三番目として、かすかな存在感を放てればいいんだが。

「それはともかく、短い間だけどお世話になるんだし、最低限の事情くらい知りたいな」

「気が乗らないな～」

「……もしかして、あんまり故郷が好きじゃない？」

「うん、正直、嫌い」

「ここの人とは仲よさそうに見えるけど」

「あーそれは見えるだけですねー。わたし相当な問題児だったんで、ご年配がたとは結構気まずいよ。ぱっと見は分からないしがらみもあるし。ま、住人自体はそんなに嫌いじゃないけど……」

嫌がりつつも、つつくたびに色々喋ってくれる。嫌われないうちに退《ひ》いておこう。

「あ、でも、ひとつだけ聞いていい？」

「いい度胸～。何かな？」

「室匠さんのこと好きだったりする？」

「へ？　わたしが？」

「うん」

「……あははは！　流石にそれはないなぁ！　匠兄ちゃんかっこいいけど、ごつすぎるし一〇以上歳違うし、対象外デス！　それに匠兄ちゃんは昔からかおりさん一筋だし」

「やっぱそうなんだ……結婚してるわけじゃないの？」

「うん。かおりさん、未亡人だから」

それは色々複雑そうだな。深入りは避けておこう。

さて、そうすると、千枝実の態度がちょっと不可解だな。なぜさっき、不自然に会話に割り込んでまで、お茶を飲ませてくれなかったのだろう。

ジェラシー由来のかおりさんへのあてつけ、というのがナシとなると、純粋に、僕にあの茶を飲ませたくなかったとか？　そういえば、食堂で食事がとれるのに、わざわざ事前にカップ麺を食べさせてくれたこととも符合している気がする。

気にはなるが、まあ、黙っていよう。どうせ去るなら関係ない話だ。


その後、保険会社などに電話して、面白くもない事実が判明した。どうやら、この場所はサービスステーションから百何キロ外だかで、要は通常のサービスの対象外、割増料金だというのだ。ところがその料金というのが半端じゃない。いきなり一〇万超えるとは思わなかった。もっと掛け金の多いプランだったら大丈夫だったそうで、つまりはバイク屋店員の雑な説明を聞き流した僕の自己責任である。畜生。

とにかく一度検討すると告げ、電話を切る。千枝実と話し、「見てきちゃる」という方々とも相談しなければならないということで、いったん階下に戻ったのだが……

「あれ、お爺さんたちは」

客が総替えされていた。多恵さん、寛造さん、匠さんがいなくなり、代わりに、

「誰だよてめー！」

トンガリ茶髪、耳に安全ピン、素肌にジャージ、便所サンダル——絵にかいたような田舎の非行少年がそこにいた。

剣呑《けんのん》な属性ばかりに目がいったが、よく見ればあどけない顔つきや、将来性のありそうな背格好は、まだ中学生くらいに見える。ただ、胸元から覗く筋肉は結構なものだ。細マッチョというやつか。格闘技か何かしているのだろうか？

「誰だっつってんだ、オラァ」

朝食中だったと思しき少年は、箸《はし》とドンブリを叩きつけるようにテーブルに置くと、やや無理をして悪ぶったような声音で、飯粒を飛ばしながら凄んできた。

「ええと、房石陽明です」

「ああ？　んだコラ、ナメてんのか」

きちんと名乗ったのに理不尽な！

「まあ、義次《よしつぐ》っ！　初対面の方になんて口のきき方を！」

「うるせえババア……おい千枝ねえ、そいつ誰だよ」

「バイクで事故った旅行者の陽明さん」

だいぶ紹介が雑になってきた。

「えー、改めて、こちら織部かおりさんと次男の義次くん。泰長くんが長男ね」

「えっ、泰長くんって朝の彼？」

「そう。よく見たら似てるでしょ」

言われてみれば、眼鏡と茶髪をどけると、端整な女顔で母親似かも……兄は優等生で弟は不良、母は未亡人か。見事にキャラづけされた親子だな、流石に口には出せないけど。

「兄貴のこと言ってんじゃねえよ！　うぜえんだよ、ブス千枝！」

「そう言われてもなーモテちゃうからなー千枝ねえちゃんは」

黙っているとヤンキー弟の矛先が千枝実に向いていた。やっぱモテるのか。

「……けっ、とっとと街へ戻っちまえ、バカ女！　バカバカバァカ！」

「どうしよう陽明さん！　バカは否定できないかも！」

これは加勢しないと。

「なんと、千枝実ちゃんはバカだったのか。よーし、バーカバーカ」

「えっひどい」

「言ってやろうぜ義次くん！　バーカバーカ！」

「な……なんなんだよてめー！　千枝ねえバカにしてんじゃねえよ！」

複雑な心情なんだな君は。共通の敵をぶっ叩いて仲良くなる作戦は失敗だ。

「ごめん千枝実ちゃん、本心じゃないんだ」

「……おー、見事な連続手のひら返し。この千枝実をあっけにとられさせるとは。中々やるな、陽明さん」

「千枝実ちゃんには負けないぜ」

「付き合ってんのかてめえら」

残念ながらそうではない。

「いい加減になさい義次！　とうに遅刻でしょう！　着替えて学校！」

「……うるせえ、行かねえよ」

ぶつぶつ言いながら、義次くんはドンブリを放置し、食堂を出て行ってしまった。

「ごめんなさいね、お恥ずかしいところを」

息子を叱り飛ばす時とは打って変わって、穏やかで疲れた声。織部かおりさんの疲労の大きな一因を見た気がした。

「根は素直ないい子なんですけどねえ」

千枝実の評。僕もおおむね賛成だが……肝心の用件を忘れていたことに気づく。

「すみません、ところで、巻島さんと宮さんは」

「ああ、もう出られましたよ、バイクを見に皿永にって」

「しまった、追いかけないと」

「ん、場所は分かってるみたいだったし大丈夫じゃない？　（もぐもぐ）」

見れば、当たり前のように織部義次くんのドンブリを抱えてかっ食らう千枝実の姿が。食うんかい。それ食うんかい。お前は食うんかい。

「……いや、いちおうニュートラルにすれば押せるけど、操作分かるのかなって。あと、流石に手伝うべきでしょ。事故ったのは僕なんだから」

「その程度なら、手出しはやめときましょ（もぐもぐ）」

ドンブリへのツッコミを入れたい気持ちを押さえつけて問う。

「なんで？」

「取りも直さず、陽明さんがよそ者だからです。長時間一緒に歩くのはちょっとオススメできない（もぐもぐ）」

真面目な話だった。なのに食い続けるんかい。

「問題になりそうな人たちには思えなかったけど……」

「そりゃあ二人とも大人だから。でも、基本的にこの千枝実ほどオープンな人はここにはそうそういないからね？　陽明さんは平気かもだけど、一緒にいると向こうがストレスを溜めるかもしれない。ただでさえ今、普通じゃないいんだから」

返答に詰まっている間に千枝実はドンブリを平らげ、ツッコミどきは永遠に失われる。

「そうねえ。任せろと言われたら手出しをしないほうがいいでしょうね。『休水には休水のやり方がある』、男の人たちはそれにこだわるから……」

分かる気もする。客は客として振る舞うべし。それ以上は出過ぎた真似、か。

「……じゃあ、どこで待とうか」

「うちに戻って待ちましょう」

やはりか。流れ上自然な「茶でも飲みながら待つ」を忌避するのは、果たして何故？

回収

流石に説明不足と感じたのだろう。待っている間、千枝実が幾つかの話を自発的に（ただし嫌そうに）してくれた。

今、ここ「休水」の住人達は、ちょっと神経質になっている。なぜか？　学生たちの会話から察せられたことだが、僕の他に一人、皿永の河原での迷い人が保護されていたのだ。

なんでも子供らしいが、親元どころか自分の名前すら分からず、老人は不吉だといって騒ぐので、対処に困っているそうだ。仕方ないので住人の一人が面倒を見ているようだが……いや、とっとと警察に任せろよ。そう言ったら、千枝実は「警察もちょっと」と言葉を濁した。嫌な予感がしたが、深入りはしないでおく。

今日は他にもよそ者が来るそうだ。昨日から取材に来ているジャーナリスト二人組。こちらは「上《かみ》藤良《ふじよし》」に宿をとって通ってくるらしい。別に不吉じゃないが、そもそもよそ者自体が珍しいので、人見知りな老人（というか多恵さん）は緊張している。

話の流れで、地理についても少し教えてもらった。ここ「休水」は「藤良村」という自治体に属している。藤良村は休水と、「上藤良」と呼ばれる山の反対側集落とに分かれている。

同じ村とはいえ、「上藤良」には歩きで一時間程度、曲がりくねった砂利道を車で行っても二〇分くらいはかかる。学生諸君が通う分校も上藤良に存在するそうだ。交通、人口、経済その他あらゆる面で、上藤良こそ藤良村の中心であり、こっちは山中の飛び地みたいな扱いらしい……両集落の関係性を軽く聞いてみたら、明らかに千枝実の表情が険しくなった。すぐ話を切り上げて雑談にしたが、会話はぎこちなく、昨晩ほどは盛り上がらなかった。

昼が近くなってきた頃、室匠さんがやってきて、ようやく待機解除となった。待つ間、ドアはずっと開けっ放しだった。やましいことはないという千枝実なりの表明だろう。

広場に戻って、僕は目を剝いた。

「バイクってのは重ぇもんだなおやっさん」

「去年捕ったシシほどじゃねえ」

そんな風に軽く言い合う室匠さんと巻島寛造さんの前には、泥まみれの愛車が、きちんとサイドスタンドで立っていた……それで気付いたのだ。ハンドルロックがかかっていたことに。

いや、いくらマッチョ二人組が向かったからって、二〇〇キロ以上ある鉄の塊をまさか担いで運ぶとは思ってなかったぞ。凄《すさ》まじいな、この人達は……ところでこれ、後々でなにか事件が起きたときに「この二人組なら二〇〇キロを運べる」とかいう伏線じゃないだろうな？　いや、明らかに考えすぎだ。自重自重。

「……どうやってあの崖を上げたんですか？」

「滑車があんだよ。たまーに下からモノを引き上げなきゃなんねえから」

「おい、匠」

「……っと、余計なこと言ってる場合じゃねえ。泥まみれだが、コレ大丈夫なのか？」

「どうかな……見てみます」

「じゃあ後は任すぜ。おやっさん、結構かかっちまったから、研ぎ直しは明日まで待ってもらえっか？」

「ン」

去るお二方の背中を、ありがとうございますの大声で見送った。さて、どうしよう。

「……手伝おっか？」

「とりあえず一人で何とかなるかやってみるよ」

そう言って始めたわけだが、作業はしょっぱなから難航を極めた。とりあえず洗ってやろうと思ったら、多恵さん（フルネームは山脇《やまわき》多恵さん）にメチャクチャ怒られるし。皿永の泥をそんな場所で落とす気か！　とかなんとか。

多分「けがれた場所」だから、とかの理屈なんだろうが、泥つけたまま持ってきたのは寛造さんと匠さんですよ……と口には流石にしなかった。ともあれ、水道の蛇口がこの広場にしかないので、できるだけ隅のほうに寄せることで勘弁してもらった。

洗浄後、各部を確認すると、機体の損傷具合は意外と軽微であることが分かった。エンジンもちゃんとかかるし、フロントフォークもちゃんと回る。タイヤ周りを洗ったら車輪の異音も消えてくれた。ただ、両輪パンクしてるだけ……だけ、と言ってもな……

「道具とか持ってきてないの？」

「うん」

「……普通、バイク旅行とかって持ってくるもんじゃないの？」

「いざとなればロードサービス呼べばいいかな的なノリだったんで」

「不準備……」

「いやあ返す言葉もない。正直ヤケクソで出発したから、冷静じゃなかったのかも」

「お、事情を聞いてほしそう」

「彼女にフラレたんだよ」

「……なんか嘘っぽいなー」

「ホントだってば」

「まあいいけど。ふーむ、パンク修理道具か。能里《のさと》屋敷なら、あるかもしれないなあ」

「能里屋敷？」

「うん。休水で一番大きなおうち。能里屋敷にないものは、休水にはないよ」

「なるほど。じゃあそこの人にお願いしに行こう」

「……実は会うのはあんまりオススメできないんだけど、背に腹は代えられないか」

「また偉い人が登場？」

「うん。その上ちょっと、人格的にね」

他に手もなく、「能里屋敷」に向かう。

どうやら休水集落の一番高いところに位置する住居らしい。日本建築かと思ってたら、実物は立派な洋館だった。

白壁の瀟洒《しょうしゃ》な洋館が、時代がかった鉄門扉の向こうに見える——観音開きの門扉には左右対称の大きな鳥の意匠のマークが据えられている。特注だろうか。休水の他の部分とちがって富裕さを感じる建物だが、庭は草ぼうぼうだし、奥の館にも蔦が蔓延《はびこ》っていて、呪いの館《やかた》めいている。本当に人が住んでいるのかココ。

「チャイム、生きてるかな……」

言いつつ千枝実は、門扉の横のボタンを押した。待つことしばし、反応いまだなし。

「もう一度押そうか」

「やめとこ。何度も鳴らすと心象悪いから」

「……そんなに気難しい人なの？」

「そうね、気難しい。うん、いい表現だ」

待つと、やがて噂の人物が屋敷から出てきた。

「何だ。誰だ」

壮年、というには若い。格式ばった、というよりは気取っている。

丸メガネにループタイ、アイビーグリーンのチョッキ、グレーのスラックスにピカピカの革靴。シャツはしっかりアイロンが当たっている。

クラシック趣味とインテリ志向を強く感じさせつつ、現代人の装いとしては少々やりすぎな感。表情の険しさが神経質な印象に一役買っており、やや目立つ白髪がおそらく実年齢以上に年配に見せている。確かに「気難しい」という形容が適切であろう、そんな男性だ。

「どうも能里さん！　芹沢です！」

そんな男性にも果敢に攻めていく千枝実。

「知っている、芹沢千枝実。そっちの青年は存じ上げないがね」

「陽明さん。こちら、能里清之介《きよのすけ》さん。清之介さん、事故者の房石陽明さんです」

「は？　なんだって？」

何度目かだからって雑すぎる紹介は勘弁していただきたい。

あらためて僕は事情をいちから説明し（皿永から～という話で、この人も確かに眉をひそめた）、最後に用件を切りだした。

「というわけで、早々にここから出ていくためにも、修理道具をお持ちだったら貸していただけないかと……」

「タイヤは。チューブブレスかね」

なんだって？

「一応パッチもあるがね、チューブタイヤだったら素人には難しいんじゃないのか。できるならいいがね……あ、チューブがバーストしてたら交換するしかないが、替えはさすがに持っておらんよ。譲る義理もないがね」

「あの、すみません、ちょっとその辺りあんまり詳しくないまま乗っちゃったんで……」

「……ちょっと話にならんね。大人しく何十万だかの勉強料を支払い、業者の救済を乞《こ》うことをお勧めしよう」

ぐ……返す言葉もない。

「ああ……能里さん、多分ですけど、今の時期、これ以上よその車がここに入るのとか、よくないんじゃないです？」

「はあ？　君は街帰りだろう、未だにそんなもの信じてるのかね？」

「んぅん～……わたしはともかく、じいさまばあさま方がちょっと……ここ数日やたらと外来者多いですし……」

「休水の連中の事情は知らんよ！　私にどうしろと？　ええ？　油まみれになってパンク修理しろと？」

「いや～、そこまでなくても、困ってるマロウドを助けるのも藤良の長者として結構アリだったりなかったりしないかなーとか」

「ふん。困った時だけ長者を頼るのではなく、休水流のもてなしでもしたらどうかね。崖から突き落とすんだったたか、んん？」

……おいおい、何だそれは。

「いや～そんなこと言っちゃダメですよ～……」

千枝実の苦笑の裏には、押し殺した苛立ちが透ける。ここは僕が出るべきか。

「あの、本当にご迷惑かとは思うんですが、道具や部材だけ貸してもらえませんか？」

「なんだと？」

「作業は僕のほうで、よそでしますから。もちろん消耗品のお代は払います」

「……まあ。別に、使っていないものだ。持っていって構わんがね、下手に物を破損させたりしたら弁償してもらうぞ。学生だか知らんがきっちりしてもらう」

能里氏は吐き捨てるようにそう言うと、手短にガレージの位置等を指示したのち、足早に屋敷へと戻ってしまった。

「いやー、何とかならない気がしてきた。チューブがバーストってなんだろう」

「陽明さん、カッコわる……」

「能里氏はカッコよかったと？」

「いやー、どうせ知ったかぶりだから……たぶん自分じゃ整備もできないよ」

「え、じゃあなぜバイクの整備用品なんて」

「能里屋敷は、上藤良にある能里家のもっと大きい御屋敷から、要らないモノを運んで置いとく場所らしくてね。むかし清之介さんは単車買ってもらったけど、ロクに乗りこなせなくてお蔵入りにしたって聞くよ」

流石田舎、恥は隠しておけない。

ともかく、彼はどうやら知識を笠に着て人を小馬鹿にするようなタイプゆえに、千枝実の反感を買っているようだ。それでも手は貸してくれたわけだし、僕に知識がないのは本当なので、現時点では腹は立たないな。

「さ、そうと決まれば、使えそうなものは全部持ち出してやろうぜ」

「さながら山賊のごとく？　乗った！」

面通し

「……わたし、邪魔じゃないかな」

「いや、適当に話してないと気が滅入るんで、相槌打ってくれるだけでも助かる」

キット付属の説明から明らかになったのは、我がバイクのタイヤが修理しにくいタイプのやつだったということ。タイヤを外さないといけないが、どうすればいいんだ？　まあどうせ最悪ロードサービス行きなら壊れない程度にバラしてみるか……などという発想のもと、ナットから外し始めた結果、見事に泥沼にはまる。いやあ、素人がやるもんじゃなかった。とはいえ、後には引けない。

人生はシンプル以下略。

狭い集落の真ん中で作業していると、自然、多くの人の目に留まることとなった。最初に声をかけてくれたのは、食堂の仕事が一段落したと思しき織部かおりさんだった。

「お兄さん、大変そうねえ……千枝実ちゃんも、よかったら食べてね」

「わ、ありがとうございます〜！」

次に、作業の合間に様子を見に来た室匠さん。

「なんか大ごとになってんな。機械っつーのはやっぱダメだな」

「まー壊れさえしなきゃ文明の利器は便利だけどね（もぐもぐ）」

続いて、休み休み草刈りをしている山脇多恵さん。

「日暮れまでに、直りそうかい……？」

「ううん厳しいかも……最悪なんとかするから安心して、ばあちゃん！（もぐもぐ）」

さらに続いては、ふらりと現れた若年ヤンキー、織部義次くん。

「……なあ、千枝ねえ、バイクって免許カンタンに取れんの？」

「うーんどうだろ、原付ならカンタンよ。わたしも持ってるし（もぐもぐ）」

彼は面白いので、作業を続けながら割り込んでみる。

「中型以上の二輪は結構メンドいよ。学科講習もあるし。バイク好きなのかい？」

「あああ!?　関係ねーだろ！　ちなみにそれいくらすんだよ」

「これは新車で八〇万くらいかな」

「たっけ‼　はぁ!?　たっけ‼　バッカ!?　どうやって貯めんだよ!?」

「ええとまあ、バイトとか頑張ったから」

「そんな新車が事故ったなんて……陽明さん、気の毒……（もぐもぐ）」

「千枝実先生、さっきから気にはなってたんだけど、差し入れ、僕のぶんは？」

「はっ、先生思わず全部食べちゃった‼　陽明さん、気の毒‼」

気の毒って加害者が一番言っちゃいけない言葉だろ。

相変わらず確信犯のニオイを強烈に発する千枝実にぶちぶち文句を言いつつも、なんとかタイヤを外すことに成功。自分の手でここまで機械をいじったのは初めてだ。

亀の歩みでも理解が進んでくると、思い通りにならない苛立ちが達成感へと昇華され、自分のマシンに対する特別な愛着を醸成していった。早く再びエンジンをかけてやりたい。思う存分走らせてやりたい。

そんな僕をあざ笑うように、エンジン音が。

……エンジン音？　こんな場所で？　手を止めて振り返ると、見慣れない大型のバンが広場に進入してくるところだった。そういえばこの集落で初めて車を見た。てっきり走行可能な車はここには一台もないだろうと思っていたが……そこまで考えて、そういえばさっき話に出ていた外来者たちのことに思い当たる。

「さっき言った、記者さんたちだね」

それだ。手を止めて見ていると車は広場の隅に停車し、助手席から降りてきたのは――

「こんにちはー」

お、美人さん。

「今日もご迷惑おかけしますー……ん、見ないお方ね？」

「ええとどうも、事故陽明です」

「そこまで自虐《じぎゃく》的になんなくても！」

「？」

まずい、内輪ネタに走りすぎた。

あらためて、ざっくりと自己紹介を済ませる。

「なるほど。学生さんね。事故は災難だったわね……ちなみに私は、こういう者です」

名刺を頂いた。馬宮久子《まみやひさこ》……フリーライター、ペンネームは、宝生《ほうしょう》キューコ？

「ちなみに読んだことない？　宝生キューコの記事」

「ええと、すみません」

「……だよねえ、まだまだマイナーだし、そもそも記事が載った雑誌、主婦向けとシニア向けだし」

「それは難易度が高いなあ。ちなみに何を書いておられるんですか？」

「フードレビュー。変わった食品専門のね」

「あれですか、世界で一番くさい缶詰とかそういう」

「そうそう。ま、シュールなんて今さらネタになんないから、国内に絞ってマイナーな珍味を探し歩いてるわけ。そんなわけで、郷里に変わった料理があるとか情報があったら是非ちょうだい。日本全国どこでも行くから」

「サークルの後輩がキャンパス内で採ったキノコで豚汁作ったら集団幻覚が起きまして」

「『思いつき』と『毒物』は却下ね？」

こちらがボールを投げれば軽妙に返してくれる馬宮女史。歳の頃は二〇代後半、もしくは三〇代前半だろうか。声も眦《まなじり》も鋭く、そして澄んでいて、エネルギッシュな魅力に満ちている。

Tシャツにカラフルなジャケットとパンツ、それにトレッキングシューズというコーディネイトは、カジュアルとフォーマル、アーバンとアウトドアのほぼ中間を押さえていて、ジャーナリストとしての行動範囲の広さを示しているようにも感じられた。総じて奇抜さのない落ち着いた格好だが、取材道具と思しきごつめのショルダーバッグと、馬の蹄鉄を模したネックレスが、少し目を引いた。

「そういえば、取材の方はお二人とか」

「ええ、もう一人いるわ。ちょっと降りてくるのに時間が……あ、来た来た」

それでバンのほうへ視線を向けて、愕然とした。

まるで、車が脱皮したかと思った——飛躍した表現を冷静に改めれば、「どこにそんな巨体が収まっていたんだ？」というやつだ。

シンプルに、巨漢。匠さんもいい加減大柄だと思ったが、彼がレスラーならこの人は外国人力士だ。まあ、匠さんと違ってもっぱら体脂肪に体重を持っていかれてそうだが……そんな人が、ゆっくりと運転席から降りてきたわけだ。揺れる車体。

「写真家の橋本雄大《はしもとゆうだい》さんよ。こちらは私よりもっとずっと有名。オールラウンドでご活躍中で、写真はきっと気付かないうちに何枚か目にしてるはずよ」

「……」

四〇代か、五〇代か。髭と白髪からそうあたりをつけるが、なにしろ縦と横へのデカさがすべての印象に優先してしまう。写真は門外漢だから存じ上げないが、大物だというのは説得力があるような気もする。ほとばしる重鎮力というか、重力というか。

「……」

橋本氏は、無言だ。

「え、ええと、どうもー」

「……」

表情も、まったく読めない。

「初めまして、房石陽明です」

「……」

動かざること山の如し、という言い草がこんなに似合う人が、うんぬんかんぬん。

「バイク事故で迷い込みまして、その」

「……」

死んでるのか？

「………………どうも」

ようやく、山がのっそり動くようなお辞儀と、地響きのように低い挨拶を頂いた。控えめに言って、少々とっつきにくい方のようだ。

「今日で最終日でしたっけ」

ここで、黙って顔合わせを見ていた千枝実が口を挟む。

「ええ。織部さんが秘蔵の『ししなれ』を開けてくださるってことなので」

「よその人に耐えられるかなあ？」

「ふふふ、まあ胃薬も持ってきてるから大丈夫でしょう」

何やら仕事の話らしいが、僕には要領が得られない。千枝実は馬宮さんを食堂に案内するようで、橋本氏ともども食堂のほうへ向かっていってしまった。

あんな美人なのに珍味ハンターとは、ギャップにちょっと惹かれるな。「ししなれ」とかいうのが、お目当ての珍味なのだろうか……興味はあるものの、今はそれどころじゃない。一人残されたことだし、作業に戻ろう。

ん？　一人残された——？

自分の状況判断に違和感を覚え、僕はふと後ろを振り向いた。

見知らぬ老人の顔面が、至近距離に迫っていた。

驚愕に一瞬、息が詰まった。休水に来て一番びっくりしたぞ。誰だ、このご老人は。

ほとんど禿《は》げあがったシミだらけの頭、見開かれた斜視気味の濁った眼、つぎはぎだらけの着物、履き古して歯のすり減った下駄。

とりあえず見たままならば、どうしようもなく年波にやられた浮浪者、という感じのおじいさんだ——おじいさん、だよな？　老いは往々にして男女の差を均《なら》す方向に作用するが、さすがにこれがおじいさんでなければちょっと奇をてらいすぎている。誰がだ。世界がか。

「……もしもし？」

動揺を抑えつつ、適切な距離を取りつつ、コミュニケーションを取ろうと試みる。

「……」

無反応。一見、ちょっともう色々と認知できなくなっている様子だが……

「なにか、ご用ですか？」

ゆっくりはっきりと発音してみるが、やはり意志が通じているような気配はない。無視して作業するしかないのかなと思って道具を手に取ったところ、

「くる……」

何か言われたので、向き直った。老人はさっきと同様、魂も脳みそも抜けたような表情でそこに立っている。宙に固定された視線。黄ばんだ白目。涎《よだれ》を垂らした半開きの口。

「くる……」

その口からもう一度、その言葉が発せられた。

「……何が、来るんですか？」

「──ぉ──」

フガフガ声はハッキリ聞き取れない。

「なんですって？」

耳に手を当ててるジェスチャーをしてみる。

「……」

ここで初めて意図が通じたらしく、老人は口に手を当て、耳打ちの体勢になった。

僕もそれに合わせ、老人の口元へ耳を──

「おおか　み　が　く　る　ぞ　‼」

突然の大声に、腰が抜けた。

尻もちをついた僕を見下ろす老人は——笑っていた。

手を叩き、歯の抜けた口を目一杯開いて、実に楽しそうに。

「おおかみがくるぞ、おおかみがくるぞ、ヒヒヒィヒヒヒ」

身を奇妙に折り曲げ、ひきつるように笑いながら、老人はそのまま行ってしまった。

「……」

「陽明さん！　……あー遅かったか」

記者一行を送り終えたらしい千枝実が駆け寄ってくる。

「……なにが遅かったって？」

「おじいちゃん。知らない人にはああやって悪戯《いたずら》するんだよ」

「え、あれ千枝実ちゃんの？」

「いやいや。本名知らないんだ。昔っから休水にいるおじいちゃん。昔っからあんな風」

「ボケてる……というか、ちょっとおかしいのか、あの人」

「うん。みんな『狼《おおかみ》じじい』って呼んでるけどね」

「狼少年」の老人版か。言い得て妙だ。

オオカミが来る、ねえ。僕の知る限り、日本にオオカミはいない。かつてはいたが、明治だか昭和だかに最後の一頭が出て以来、絶滅扱いのはずだ。

現代日本において「オオカミ」のイメージは西洋童話がその源泉であり、文化や生活に根差したリアルなビジョンはない……では、あの老人は一体何を？

何か引っかかるものを感じながら、作業に戻った。

正午を回って二、三時間、作業は続いていた。何とかタイヤからゴムを外し、チューブも抜けた。両輪ともサビだらけの釘がゴムにざっくりと刺さっていた。くそ、こんなんでも刺さるときには刺さるんだな。その後パッチを当てて、手動のポンプで空気を送ってみる。チューブを濡らして、泡が出てこない、つまりは空気が漏れていないことを確かめるわけだ。

……前後とも、大丈夫そうだな。

「ふわぁ……」

さっき高校生たちが帰ってきて、一通り雑談があったのち、見物人ラッシュも絶えてしまった。横で見ている千枝実も退屈そうだ。ボルトの数を確認しながら、声をかける。

「なんとかなりそう、かも」

「え、ウソ。あんなにダメっぽかったのに」

「悪かったね……まあ、組み立て終わったら出ていけるさ」

「そう。よかった」

あっさりした千枝実の感想。脈はないのかな、これは。

「もう何時間も根《こん》を詰めっぱなしでしょ？　大丈夫？　疲れてない？」

「結構来てるね。昼食休憩の機会が誰かさんに奪われたこともあって」

「代わりにクラッカーをあげたじゃないですか〜」

あんなんで二〇代の食欲が満たせると？

「ま、僕は大丈夫。もうひと頑張りする。君ももう行っていいよ。おかげさまで、大体のここの人は紹介してもらえた気がするし」

「多分あと二人、会ってない人がいるかな……ま、もうちょっといるよ。どうせヒマだから帰ってきたわけだし、することもないし」

「五二人の男友達と遊ぶ選択肢はなかったの」

「前言撤回、ヒマしたいから帰ってきたの。五二人からのメール責めとか面倒で」

「そっか」

「……ごめん、五二人はウソ」

「なんでそんなウソを！」

「陽明さんに対する牽制？」

急に風向きが変わる。駆け引きじみたことをやっておいて、離別間近にバラす意図は？

「ねえ、彼女にフラレたって本当？」

そして、このタイミングでそれを聞くと。

「本当だって」

「……ふーん、そっか」

ここまで振っ掛けてくれた以上、こっちからカードを切らなきゃ無粋かな。

「何ならこれ、乗っていく？」

「え、これって二人乗りなんだ」

「もちろん。一応タンデム用のヘルメットも吊るしてきてるし。まだ乾いてないけど」

なお、この時は恥ずかしながら知らなかったのだが、ヘルメットロックは駐車中の盗難防止用の設備であり、ヘルメットを付けっぱなしでの走行は危険である。付け加えると、吊るしてきているハーフメットは格好重視の代物で、高速走行や事故発生時の安全性はフルフェイスやジェットヘルメットにかなり劣るとのこと。良い子の諸君はこの僕の有様をしっかりと反面教師にし、安全なライダーライフを送っていただきたい。

そんなことをこの時点では露ほども知らぬ僕は、修理の目処《めど》が立ったのを良いことに調子こいて攻勢に出た。

「このままロングツーリングってのも、僕はいいけどね。君さえ良ければ休暇は延ばすし、どこへだって行くよ。ここには戻らないから、千枝実ちゃんの戻りと都合が合えばってことになるけど」

フレキシブルに調整可能かつ、ちょっとワイルドな魅力もある。そんなデートのお誘い、のつもり。作業を進めるフリをしつつ、千枝実の表情をこっそり窺うと、

「……いいね、すてき」

お。

「都合は大丈夫？」

振り返って問えば千枝実は笑顔になり、

「問題ないよ。わたしもそろそろココ出ようって思ってたし！　帰りは東京方面だよね？　適当なとこまで送ってくれる？」

「もちろん。ルートは出てからおいおい相談しよう」

「オッケー。荷物まとめて、みんなに挨拶してくるね」

トントン拍子だ。微笑して、千枝実は踵《きびす》を返す。寮の自室に向かうのだろう、その足を止め、ちょっと振り返って、一言。

「急いだ方がいいよ？　千枝実さんの気が変わらないうちにね」

「はいはい、もちろん」

あらためて向けられた背は機嫌が良さそうで、僕も仕上げに身が入ろうというもの。

どうしようもなく憔悴《しょうすい》して飛び出した旅だったが、ハプニングの果てには悪くない出会いがあった。彼女との道中が楽しめると良いな。その後どうなるかは流れ任せだが、今はその不確定性そのものを楽しもう。

そんな控えめな下心とともに、僕は足回りの組み立てに戻る。

誘った直後に一瞬見えた彼女の表情や言い置いた台詞の語尾には、迷いだか心算だか、何らかの思慮が滲《にじ》んで見えたが、それもまたこれからの旅を彩るものと感じられた。

夕霧

予定が立ったからといって、万事は都合よく進まない。組み立て作業は少しずつ進んでいたものの、何度かの行き詰まりを経て、僕は見通しの甘さを思い知ることとなる。

既に夕刻に差し掛かりつつあった。このままだと間違いなく夜にズレ込む。作業続行は可能だろうか？　明日までかかったら、千枝実にもフラれてしまうだろうか？　人生は本当にままならないし、往々にしてつまらない展開により白《しら》けてゆく。頑張らないと。

今までずっと人の往来があった広場には、誰の影も見えない。風の音に、カエルの鳴声。あとは工具のカチャカチャだけが聞こえるものの全て。無人の空間だ。

不意に、心細さを感じた。

自分はいま、場違いな所にいて、そこから逃げる準備をしているのだ——うっかりそんな視点に立ってしまう。ぐずぐずしていたら何かから逃げられなくなるような、そんな漠然とした、不安。ばかばかしい。何かが襲ってくるとでも？　笑って妄想を振り切ろうとして、失敗。無理矢理作業に集中し直そうとするも、今度は耳がその音を捉えてしまう。

かすかな声だった。

風の向こうから聞こえる、舌っ足らずな、女児の歌声。

僕は気付けば工具を置き、そちらへ歩み始めていた。
人の気配が恋しくなったのか。
それとも、なにか致命的なまでの違和感、あるいは危機感を覚えたからか。

僕は歩いた。
僕は坂を下った。
深い草むらを越えて、唄の聞こえるほうへ。
そこに、到った。

「――ぃさーんのー、おーまもーりはぁ――」

奇観、だった。
広い野原。雑草の隙間から顔を出す、無数の岩。
休水のあちこちに点在する巨岩とは違う、腰くらいまでの高さの岩。
――まるで、墓石のような。

「いーついーつくーじらーもなーなめーにはーしるぅー――」

そんな墓場めいた草っ原は、
茜に染まりゆく北西の空へと延び、
不意に崖となって途切れる。
休水の最下端。皿永との境界線。
その崖の際には、大きな松の木が一本。

「あーらーしおーみぃーとけーがはーえりー――」

夕日と、岩や松の影が、草っ原に奇妙な模様を投げかける。
そこを、たどたどしい足取りで、小さな女の子が駆ける。
この瞬間、この空間は、異界だった。
ジョルジョ・デ・キリコの絵のような、完璧な、異界の奇観。
そして、気付く。この場所の特性に。
よそ者には決して開かれるべきでない、聖域、あるいは魔境だということに。

異界の真ん中で、女児が転ぶ。

「大丈夫？」

躊躇なく駆け寄る。
助け起こす。

「めぇっ……」

泥だらけの服。目に涙。
絆創膏《ばんそうこう》だらけの膝小僧に真新しいすり傷。
からっぽな慰めの言葉。
伸ばした手――振りほどかれる。
女児が走る。
その先にいる誰か。
誰かは、誰か？
いつか見た、朝露と木の葉の向こう。
白い髪。
赤い目。
年齢不詳の、和装の少女。

「……『夕霧立てば。宴《うたげ》の支度』」

謎めいた言葉。

「逃げて」

女児を抱きしめる。
警告を唱える――相手は、僕か？
「間に合わない。でしょうけど」

抑揚のない声。

「でも。逃げて……！」

それでもはっきりと、僕に向かって言った、
少女の、背後から、
霧が、

濃霧が、
乳のように濁った霧が、
霧が、霧が、霧が、霧が、霧が、
崖を登り切って、溢《あふ》れ出す。

『逃げて』

『逃げて』

『間に合わない。でしょうけど』

さ、い、れど逃げ、ら、れ、い、よ、街の御方、――

逃げろと言われたから、逃げる。
逃げろ？　どこへ？
幻惑されきった脳髄は、形だけの逃走を是認する。

よろよろと、

ふらふらと、
逃げるふりをしつづけて、
放心状態で広場に戻ってきた僕は、不意に千枝実に肩を揺すられ、意識を取り戻した。

「どこへ行ってたの⁉」

「――ごめん、すぐ作業に戻るから」

「何言ってるの、もうダメ間に合わない！　陽明さんも隠れて！」

まだ意識がハッキリしていないようだ。自覚はない。他人からの評価から推測し、他人事のように理解する。千枝実の言っていることは、その焦りは、理解ができない。

「何やってんだ千枝実！　とっとと部屋に戻れ！」

「でも陽明さんが‼」

「――チッ、ほっとけそんなヨソ者！　俺はおやっさんと他の連中ン家《ち》回るから、絶対戻れよ、千枝実ッ‼」

理解できない。なぜこの二人が、いったい何を目指し、何にこれほど恐怖しているか。

でも、唐突に分からされる。

濃霧が、集落にまで上がってきた。

透明度のない濃密な霧。生物めいた柔らかさで奇妙に歪《ゆが》みながら、広場へと流れ込む。

それを見る千枝実の目は、稀有《けう》な自然現象を見る目とは明らかに違う、明瞭な恐怖の感情を宿していた。

「――陽明さん、こっち‼」

僕の手を引く千枝実。

「――何が何だか――頭が――なんだ――あたまがおもいな――」

「今は我慢して！　どこか鍵のかかるところに独りで入るの！　でないと死んじゃう！」

「どういうこと――理由を――」

「お願い陽明さん、今だけは言うことを聞いて‼」

いい加減頭の中の方のもやが鬱陶《うっとう》しいが、それがなくとも、千枝実の説明は理にかなっている気はしない。しかし、逆らってでも進むべき道は、見えない。

吹っ切れない足取りで、僕は千枝実に従う。

坂を駆け上がり、畦道《あぜみち》を抜け、到ったのは――これは、
畦道沿いの、簡易便所？

「……ここなら何とか……」

「本当、何事なんだ？　確かにすごい霧だけど、そんな慌てることじゃあ」

だいぶ頭ははっきりしてきたものの、秒刻みで焦りの色を濃くしてゆく千枝実との温度差はむしろ開く一方だ。

「陽明さん、詳しく説明してる時間はない。だから、お願いだから、今から言うことを、絶対に守って」

冗談で言っているようには見えない。

「今から一晩、ここに入って、鍵をかけて、絶対に、物音ひとつ立てないで……！」

だからこそ、戸惑う。

既に思考は明瞭、故に問いただしたい。しかしきっと本当に時間がないのだろう。

「……ははは、また、とんでもない指示が来たもんだ」

「陽明さん……」

理解はできるはずもない。だから、受け容《い》れる。丸呑みする。

「言っとくけど、相当な無茶振りだからね。ノルマクリアの暁には相当な見返りと説明を要求するから」

「……うん、いいよ。全部話す」

ようやく千枝実は口元に笑みを浮かべたが、すぐに眉が悲しげに下がり、

「だから、今晩を、生き延びて」

泣き笑いじみた顔で、そう言った。

そんな顔をされてしまっては、何だか知らないが今晩を生き延びるしかない。

「じゃあね。君も急ぐんでしょ？」

「うん。それじゃあ――陽明さん」

「なに？」

「――明日、言うから」

意味深《しん》に言い残して、千枝実は駆け去ってゆく。

霧は広場を完全に飲み込み、次はこちらとばかりに棚田を這《は》い上がってくる。

さて。約束なので、閉じこもることにしようか。

天の岩戸

開始一〇分で、自分何してんだろう……という疑問感が飽和した。

トイレは工事現場にあるようなちゃんとしたプレハブではなく、手作り感あふれる小屋にトイレユニットを据え付けただけの代物。トイレは和式。座ることもできない。汲み取り式ゆえ、蓋《ふた》をしても相当臭う。

唯一の救いは、いざトイレに行きたくなったとき目的が既に達せられているということだが、だからなんだという話だ。ここで一晩明かせと？

疑問は速攻で馬鹿らしさに変化し、嫌気《いやけ》を助長する様々な憶測が生まれてゆく。大規模なドッキリなのだ、とか。だいいち霧もとっくに周囲に満ちているし、こんな隙間だらけの野外トイレが霧から逃《のが》れられるハズもない。こんなの霧から逃げたことにならないだろう。それなら、ここにいるよりもまだ外の草むらで寝たほうがマシだ。

僕の中の理詰めの部分はそうやって、『こんなことに付き合うのは早々にやめる』という選択を強烈にプッシュする。

が。

『今から一晩、ここに入って、鍵をかけて、絶対に、物音ひとつ立てないで……！』

『だから、今晩を、生き延びて』


僕の中の義理堅い部分が、約束破りを妨げる……というのは偽善だな。約束を守る見返りに色々聞ける、という思惑が一番大きい。

今日一日で分かったことをざっとまとめてみよう。

ここは藤良村、休水集落。皿永という川に接しており、藤良村の中でも特殊な場所。

住人は、おおよそ出会った順に……

帰省中の大学生女子、芹沢千枝実。

理知的なメガネ高校生、織部泰長。

発言が奔放なちっこいほうの高校生、釀田近望。

アバンギャルド高校生女子、巻島春。

その祖父だという、いかめしい老人、巻島寛造。

キヨヒーの老婆、山脇多恵。

織部泰長の母で未亡人らしい食堂の女主人、織部かおり。

織部家の弟、根は善良そうなヤンキー、織部義次。

誰とも話せる頼れる大男、室匠。

洋館の偏屈インテリ風おっさん、能里清之介。どうも休水じゃなく上藤良の住人っぽいが、今はなぜだかここで生活しているようだ。

そして謎の浮浪老人、通称「狼じじい」。

ここまでで一一人。

さらに、雑誌取材の記者チームが二人。

花の如きフードライター、馬宮久了。

山の如きカメラマン、橋本雄大。

ここまでで一三人。

さらに、千枝実はあと二人出会っていない人物がいると言った。となるとさっき出会った二人がそれに該当すると見るべきか。

まず、唄を歌っていた女児、記憶をたどるに、まだ小学校に入る前くらいの年齢に見受けられた。短い癖っ毛に白いワンピース。見た目の特徴はそれくらいだが……親と思しき人が見当たらない。となると、昨日の朝に皿永に迷い込んだという子供とはあの子ではないかと推測できる。

そして、僕に「逃げて」と言った少女。こちらは外見的特徴の塊のような人物だ。

透き通るように白い長髪、白い肌、赤い目。装束は、和装には違いないだろうが、類似するものを他で見たことがない。たとえて言うなら、巫女装束と坊さんの袈裟《けさ》を足して二で割ったような感じ。巫女さんが着る白衣を墨染めに、緋袴を紫紺染めにして、金の羽織やら謎の装具やらをごてごてと装備した、というような感じだ。個々の構成要素は奇抜で強烈なのに、総じて古風、宗教的、神秘的。

おそらくは、僕が朝、寮のそばで見て、足跡を追った少女その人だろう。千枝実によれば、迷子は誰かに保護されているとのことだった。誰か＝神秘少女であれば話が合う。神秘少女はワンピース女児の世話をしているようだったし、一方で母娘関係にはまったく見えなかった。

ここまでで一五人。それに僕を加えた一六人が、今この集落にいるというわけだ。

で、今に至る経緯。

五月一一日、つまり昨日の朝、少女が皿永に迷い込んだ。おまけに正体不明。即、不吉と判断される。

同日夜、皿永で何かをしていた千枝実が僕を発見。両者は学生寮で泥酔。

五月一二日、つまり今日、僕の存在が発覚。明確な迷い人だと認定されたが、やっぱり皿永経由で不吉だ。早々に出ていく方針で折り合いがついたが、バイク修理は難航し、夕方までに終わらなかった。

そして現在。皿永から濃霧が発生し、住人たちは恐慌に陥り、その一人である千枝実に押し負ける形で、僕はここに押し込められた。

どうも皿永という川と、それに付随する不吉なイメージが、謎の中心にある気がする。こんな霧——自然現象を引き起こす川なら、確かにいわくの一つや二つあっても納得だが。

少女が口にした謎めいたセリフ、「夕霧立てば宴の支度」……「宴」とはなんだ？　夕霧は立ったわけだが、人を便所に閉じ込めるのが「宴の支度」なのか？　能里清之介氏の言葉から類推すれば、不吉な奴は皿永に突き落とせ、みたいな迷信がかつてあったのかもしれないが……あれ？　もしかしてピンチ？　僕、突き落とされる？

　いや、違うな。

『チッ、ほっとけそんなヨソ者！』

　彼らが怖れていたのは僕じゃない。霧、あるいは、霧のあとにやってくる何か、だ。

『そいじゃあやっぱり、よみびとじゃないんかね！』

　山脇多恵さんは「よみびと」とか言っていたな。皿永から、けがれた黄泉人、つまり死者が帰ってくる……ふむ。

　さらに、千枝実はなんと言ったのだったか。

『どこか鍵のかかるところに独りで入るの！　でないと死んじゃう！』

「鍵のかかる」ところに「独りで」入るのが大事、だというのか。

『今から一晩、ここに入って、鍵をかけて、絶対に、物音ひとつ立てないで……！』

　物音ひとつ、立てるな？

　つまり、音を聞きつける危険な何ものかが外にいるということだよな。

　伝説の通り、川から死者（と仮称される何ものか）が上がってくるとか言うのだろうか。あるいは伝説が別のこと――「バイオハザード」や「地球最後の男」よろしく、ゾンビや吸血鬼に変貌する未知の病原体のことを指していた場合、感染者を撲滅するためのハンターが迫ってくる、ということだったり――

その時、遠くで、悲鳴が聞こえた。

破約

白状すれば、僕は「知らないこと」「分からないこと」が怖い。

一般的に人間は、妄想により恐怖を具現化しようとする。かつて昔の人が自然現象や病理現象に神や妖怪の姿を与えたように、「見えない」「知らない」恐怖は、仮にでも名と姿を与え、認識し記憶することで克服が可能だ。

僕の「知らないもの怖さ」も根本は同じだと思っている。問題は、その恐怖は「知りたい」という強烈な衝動となり、しばしば僕をリスク度外視の行動に走らせてきたことだ。

よって今、頭にあるのはひとつだ——あの悲鳴を、追いたい。

いつの間にか、すっかり暗くなった。灯りはない。

「暗闇」は恐怖だ。認識できない＝知らない＝命の危険＝怖い。

ここから出るのは危ない。命の危険＝怖い＝怖い＝怖い＝怖い！

どこまで行っても、どんな理屈を重ねても、怖いものは怖い——しかし——

それでも、知で恐怖を克服したいという衝動を、僕は抑えることができなかった。

ドアを開く。辺り一面霧が漂っており視界は非常に悪いが、僕は進み始めた。

悲鳴は甲高い女性のもので、右手方面から聞こえたはずだ。真っ先に浮かぶのは、別れ際に泣き笑いの表情を見せた、芹沢千枝実のこと。歩みは勝手に速くなってゆく。

再び悲鳴。近い。
よく見れば足元はまだ視認できる。足元を凝視しつつ、前のめりに駆ける。
常軌を逸した集中力と無謀さを発揮し、僕は駆け続ける。

もう悲鳴は聞こえない。
しかし、何かが聞こえる。
水っぽい音。
何かが砕けるような音。
嫌な嫌な嫌な想像が、
際限なく際限なく際限なく展開される。
それでも、進んだ。
進んで。
遭遇した。

ああ。

やはり、僕の妄想など、妄想でしかなかった。
やはり、真実は目撃するに限るのだ。
ゾンビだの、吸血鬼だの、「当たらずとも遠からず」にも程がある。
もっと適切なのがいたじゃないか。
知名度では勝るとも劣らない、ホラージャンルの常連客。
夜に正体を現すヤバいやつ。月《きょうき》の申し子、忌まわしき獣人。
牙。爪。尖った耳と鼻先。毛むくじゃらの体軀に、殺意を煮つめたような眼光。
ヒントも、十分に出ていたじゃないか。
おおかみがくると、言ってたじゃあないか。
駄目だ。納得しては駄目だ。さもなくば僕の認識していた世界は根底から崩れ去る。
だからだろう。僕にとって安寧をもたらすはずの、目の前の真実は、
とてつもなく、おそろしくみえた。

一分とかからず、僕はばらばらに引き裂かれて、殺害された。
痛みなど、一瞬で飽和してしまった。
悲鳴など、上げようとも思わなかった。
僕はただ、真実を拒否しつづけていた。

拒絶のみを思考して。否定のみを試行して。
やがて真実《ソレ》が、人ならぬ咆哮《ほうこう》で僕《ヒト》の敗北を告げたときも、
ヒトはただ無力に、真実に抗弁し、ヒトたろうとしつづけたのだ。

ヒトの体を持つ
　オオカミなんてものが
　　人狼なんて
　　　いるわけないじゃないか——

BAD END

そーゆー夢だったってわけだ
次はもっと、うまくやれ
ひつじが一匹、ひつじが二匹……

黄泉

二〇〇三年五月一一日（日）

ふりだし

路肩に寄せて、エンジンを切る。

思ったより傾斜がきつい。ブレーキを強く握り込み、重力に従順な大型二輪の車体を支えながらサイドスタンドを下ろした。斜めになったシートに体重を預け直し、ようやく一息つくが、漏れたのは安堵ではなく放心のため息だった。

――迷ったな。

ナビもなしに知らない道をロングツーリングというのは、少々無謀だったようだ。行き当たりばったりで道を決めてるんだから迷うも何もない、などと高を括ってたが、どちらかと言えばこれは遭難……いや、縁起でもない。

ジャケットのファスナーを開いて、内ポケットから小さく折りたたんだ地図を取り出し、広げた。

さて、今自分はどこにいるのだったか――

瞬間、不意に脳裏をかすめる記憶があった。

来店

ああ、もう……！

思わず記憶を掘り起こしそうになったものの、なんとか抑え込む。

そもそもこれは、思い出さないための旅なのだから。


「もう数時間迷ってるもんで、どうか地図を探してみてもらえませんか……？」

「あーもう、うっせえな……待ってろ」

「あったわ」

「これがこの店……で、十字路を北へ行け」

山中異界

「実は当方、道に迷っており」

「だとすると割と究極的に迷ってますよ」

「雨露しのげて野生動物がいなければ何でもいいんで」

「じゃ、ウチ来ます？」

「えっ、これって単なるバカ話じゃないの」

「いち、やけっぱち！　に、アリバイ！　さん、エロエロ！　よん、見捨てるよりマシ！　正解者には素敵なプレゼント。不正解者はぶっしゅぶっしゅ殺します」

――既視感が、すごい。
そんなわけはないんだが、
この流れを僕は、寸分たがわず、体験したことがあるような気がする。
その記憶によれば、このあと僕は、三番を選ぶ。いちばん楽しいやつ。それに対し彼女はギリギリまで悪乗りし、世にも奇妙な扉を開こうぜ、とか誘ってくる。

「一番、やけっぱち」

あえて、そう応えてみた。

「ぴんぽん！　正解です！」

なるほど！

「ま、詳しくは話さないけど、千枝実さんにも色々ありましてねー」

「年頃の女性は、悩み多きもの。僕で良ければ相談に乗るぜ？」

「おーぅ話せるオトコーぅ。しかし実は悩みを打ち明けるつもりなどないという罠が！」

「謎罠……！　もちろん込み入った話なら遠慮しますけども！」

「いや、いっそねんごろになってから話したほうが逃亡不能かなと」

「そこまで聞いて手は出せないので、パス！」

「がーん！」

けらけらと笑って、思い切り缶をあおる、芹沢千枝実氏。

何事もなく、続いていく。「三番」と答えた展開などどこにもない。僕の記憶の中を除いて。その記憶は今回の「一番」と大差ないものだが、まあベタベタと言っていい展開だから不思議はない。

つまり、気のせい。ほとんどの既視感と同じ、自意識過剰。そういうことにして、このまま彼女との談笑を肴に盛り上がったほうが楽しそうだ。手元の缶を思い切りあおって空けると、次の缶に手を伸ばした。二度目の乾杯。

そして、夜は更けていった。

二〇〇三年五月一二日（月）

霞んだ異郷

伸び放題の、雑草の草っぱらにたたずむ、奇妙な衣装をまとった、少女。

白い髪の、眼を閉じた少女——

何だ、あの格好は？

顔を何か、布のようなもので隠している……老人、女性？　のようだ。

寮生たち

「も～千枝ねえ、子ども扱いはやめてよ～！」

「そうだ、うんこしてやるぞ」

「ほらほら行くぞ、春ちゃんにモッチー」

食堂にて

「多恵バア、追い出す思うて手伝わせえ」

「寛ちゃんはいっつもそうねえ……」

「ばあちゃん、おやっさん、どーした」

「いい加減になさい義次！　とうに遅刻でしょう！　着替えて学校！」

「……うるせえ、行かねえよ」

回収

「ふん。困った時だけ長者を頼るのではなく、休水流のもてなしでもしたらどうかね。崖から突き落とすんだったか、んん？」

面通し

「ちなみに読んだことない？　宝生キューコの記事」

「…………どうも」

「おおかみがくるぞ、おおかみがくるぞ、ヒヒヒィヒヒヒ」

夕霧

「いーついーつくーじらーもなーなめーにはーしるぅーー」

「でも。逃げて……！」

「今から一晩、ここに入って、鍵をかけて、絶対に、物音ひとつ立てないで……！」

天の岩戸

その時、遠くで、悲鳴が聞こえた。

岐路

今のは、なんだ。

なにか命の危機に瀕したような叫び声に聞こえた。イコール、致命的な存在が近くにいる。確かめないと。未知の恐怖を克服しないと――

『今から一晩、ここに入って、鍵をかけて、絶対に、物音ひとつ立てないで……！』

扉を開こうとした手が止まる。

いつもなら、僕は持ち前の致命的な好奇心でもって確実に外に出るだろう。

なのに今、好奇心は、恐怖と死のリスクに負けている。それは、なぜか。

知っているから、だ。千枝実が警告した危険を。好奇心への残虐な罰を。

ッくそ、なんだ、この記憶は！

あれから――千枝実の部屋でのバカ問答から、馬鹿げた発想を捨てたつもりだった。記憶なんてない。既視感なんて錯覚だ。よくある展開が続いただけ。あるいは、何が起きても既視と感じられるような脳の状態（きっと病名がつくだろう）になっているだけだと。

しかし違う。既視感や夢の記憶なんてものじゃない。これは確かな「経験」だ。

そんな馬鹿な。僕はこうして生きている。原形をとどめないほど全身を破壊されて死亡なんてしていない。それに、それはこの先のできごとのはず。今こうしている僕は、そんなタイムポイント通過もしていない。予知能力だとでも？　神に誓って言うが、そんなふざけた体験、休水に来るまで一度もなかった。

しかし、あの圧倒的な恐怖と、与えられた痛みと死は、ドアを開けることの決定的結末として、僕の中で確定してしまっている。

不思議なことに、今の今まで、この結末だけは、記憶として意識されなかった。今に至って、フラッシュバックのように思い出された——そして、確信となった。

千枝実の言うとおりにしておけば、あの死は避けられる。

僕は迷った。悩んだ。思考が停止した。消極的に、確信に従うことを良しとした。もう悲鳴は聞こえない。「利己的な判断」そのものを非難するほど僕は子供ではないが、気分がいいわけもなかった。知への衝動にまかせて突っ込んでいく——そうできない苛立ち。このまま、納得しないまま、ここで一晩過ごすしかない。

悩んでばかりはいられなかった。不意に、トイレのドアが激しく揺れたのだ！

トイレの外側の取っ手が、ガチャガチャと引かれている！　いちおう施錠はしているものの、こんなちゃちな錠前、力任せに引けば壊れかねない！　僕は咄嗟《とっさ》に内側からドアを引こうとして、

『今から一晩、ここに入って、鍵をかけて、絶対に、物音ひとつ立てないで……！』

——音を立てたら、どうなる。

ドアの外の相手は確実に僕の存在を知るだろう。仮にドアを守り抜くことができたとしても、外

の奴が僕に危害を加える方法なんていくらでもある。

しかし、もし相手が僕の存在をまだ知らず、単に鍵がかかったトイレを不審に思っているだけであれば？　ドアを開けるそぶりに対して、僕が恐怖の叫びのひとつも上げなければ？　相手はトイレを放置し、去るんじゃないか？

それは、極まった辛苦を伴う、しかし正しい判断だった。

い、い、い、い。

なにもしない。

こんな心臓に悪い日和見《ひよりみ》が、他にあるだろうか。

引き続き、ドアはめちゃくちゃに引かれ、建屋自体が軽く揺れている。漏れそうになる悲鳴を押し殺して、僕は闇の中、微動する錠前を凝視し続けた。

それで、どれくらい時間が経《た》ったろうか。

唐突に、音が止んだ。が、安心させておいて急襲する手かもしれない。ゆっくり五〇〇数えて何もなければ警戒を解こうと決め、数えはじめた。

……結局一〇〇〇まで数えたが、それ以上、悲鳴も襲撃もなかった。しかし、静まりかえった狭い空間で否が応でも冴える聴覚は、ときおり確かに異音を察知していた。

息遣い。唸《うな》り声。爪が地面を掻く音。要は、獣の気配。なにかがいる。ずっといる。

『おおかみがくるぞ』

あの得体のしれない老人は、それを知っていたというのか。

明日だ。とにかく、今夜を乗り切って、千枝実に話を聞こう。そして、対処不能な問題であれば、とにかく逃げよう。幸いにしてバイクは直りそうだ。が、直らなくても、徒歩で上藤良まで逃げれば何らかの交通手段が得られるはず。それまで警戒しつづけないと。

減じない緊張感とともに、ゆっくりと、夜は更けていった——

二〇〇三年五月一三日（火）

明暗

……まさか、野外トイレのドアの隙間から漏れ出る朝日を、こんなにありがたく感じる日が来るとは思わなかった。

夜じゅう付きまとった獣の気配が、不意に遠ざかっていったのはついさっきのことだ。もう安全に思われたが、念には念をいれ、救助を待つことにした。

遠くから「陽明さん！」と呼ぶ千枝実の声を聞いて、気が抜けて膝から崩れ落ちそうになった。もしこれがフェイントで、ドア開けたらグリム童話よろしくチョークを食ったオオカミが大口開けてました、とかだったらもう潔く諦めよう。

戸を開き——爽やかな朝日に満ちる農村の光景を想像していた僕は、衝撃を受けた。

一面、乳を流したように真っ白だ。数歩先までしか見通しが利かない。濃霧は一晩経っても消えないどころか、集落を完全に飲み込んでしまったらしい。山ごと雲海に沈んだ、とも言えるだろうか。日照はあるのだろうが、かえって霧に乱反射し、視界悪化に一役買っているように思われた。

「よかった、無事だったんだ……！」

数歩先に迫ってようやく彼女の顔が見えた。心配から安堵に変わりつつある表情。無事だった？無事でなかった記憶もあるが、口に出すのは憚《はばか》られた。

「──ああ、なんとかね。ただ、夜じゅう獣みたいな気配がしたけど」

それを聞いて、黙り込む千枝実。これはやはり、知っていたという態度か。

「聞きたいことは沢山あるけど、まず、昨晩聞いた悲鳴のことが気になる」

「……それは……」

「え、知ってるの？」

沈黙。嫌な予感が募る。ややあって千枝実は躊躇《ためら》いがちに口を開いた。

「……来て。どうせ、いつか嫌でも見る」

霧に飲みこまれた畦道を慎重に進み、学生寮の前に到る。

「あ、房石さん！　無事だったんですね」

「生還おめでとう便所マン」

「ありがとう温かい布団マン。君たちも無事──いやあの、春ちゃんは？」

……あの悲鳴は、若い女性のものと思えたが、まさか。

「いえ、大丈夫です。まだ部屋なんですが、ショックが強かったようで身支度に時間が」

「……そうか。みんな僕より先に動いてたんだな」

「逆によく耐えれたなー。どーやって寝てたの？　おけつ一〇個くらいに割れた？」

「割れてないし、そもそも寝られるか。びくびくしながら夜じゅう起きてたよ」

「えっ、起きてたんですか？」

泰長くんの口ぶりは、それが意外だとでも言いたげだった。

「いや、あのトイレで寝てごらん？　横になるどころか座れもしないぜ？」

「いや……そうじゃなく……そうか……」

みんなして勝手に考え込んでしまうのはやめてくれ。気になるじゃないか。

「ちなみに君らは何故ここに」

「春ちゃん待ちと、見張りだー」

見張り。

「……状況がハッキリするまで、現場が荒らされたりしないようにって、匠兄ちゃんがね」

現場。それは、やはり。

「見る？　便所マンの胃袋の強度試し」

「モッチー、あんまふざけるなよ」

「……ああ、見るよ」

見えない、知らないほうが怖い。それに、既に異臭は感じている。

彼らを半ば押しのけるように進み、現場に踏み込んだ。

人が、死んでいる。

そのことをすぐに認識できないほど、現場はひどいありさまだった。

まず、それは小さかった。一抱えほどといってもよい、こぢんまりとした、そしてこんもりとした何らかの塊。しかし、霧にかすむ目を凝らして見れば、周囲のおびただしい血の海のなか、人間の生物的・文化的パーツが不自然に寄せ固められている様が視認できる。

手指や、大腿骨や、服の切れ端や、頭髪や——ショルダーバッグ。

最後まで取材道具を手放さなかったプロ根性は、特に彼女を救いもしなかったというわけだ。状況から、犠牲《ぎせい》となったのは、マイナーフードライター・馬宮久子さんで間違いないようだった。

「……これは、酷《ひど》い」

「大丈夫？　吐き気とか」

少し離れたところで明後日のほうを向いている千枝実が憔悴した声で言った。

「吐くものもないし、まあ、慣れてるんで」

「陽明さんそっち系の学部だっけ」

「ええと、まあいちおう、医学系」

「えっすごい……検死とかできる？」

「『医学系』ってのは医学部以外の類似学部生が見栄張って使う表現さ……まあ病理解剖なら、何度か見たけど」

しゃがみこんで、まずは合掌。濃厚な血と内臓——特に消化物の臭気に顔をしかめつつ、顔を近づけてみた。

じっくり観察しても案の定、大したことは分からない。どうやら遺体はバラバラになっているわけではない。こんな有様にも拘らず五体は繋がっている、ただし不自然な形で——いわばブリッジのような姿勢で、平らに折りたたまれている。骨やら筋肉の向きやらお構いなしに叩き潰したか、折り曲げたか。その後、全身をめちゃめちゃに引き裂いて、皮膚や末端を完全に破損した、という感じだろうか。

中でも内臓は大きく損傷しているように見え、食い荒らされているようにも見えた。が、そんなこと説明しづらいし、説明したところでなんの足しにもならないと思う。

「何がどうなってるのか分からない程度には、常軌を逸した傷だよね」

——人間わざだとは思いたくないな。そう言ってしまうことは、避けた。

「とにかく、とっとと警察を呼んでプロに任せよう」

でしゃばりをやめ、良識ある一市民として当然のセリフを述べた、のだが。

なぜか、同意が得られない。

「……陽明さん、警察は、来ないんだ」

「そんなことはないでしょ、人が死んでるんだし」

「来ないんだ」

強い語調で、千枝実は僕の言葉を遮る。

「じゃあ、避難しよう」

「それも、無理なんだ」

「どうして。バイクもあるし、この人たちが乗ってきた車だって」

「……とにかく、房石さんで生存者は全員だから、いちど食堂に移動しましょう」

「春ちゃんはボクらがつれてくぞ」

「そっちはお願い。陽明さん、行こ」

「なあちゃんと説明してくれないか！」

「悪いけど精神的にムリ！　自分で見て、勝手に理解して！」

千枝実がここまで険のある物言いをしたのは、初めてだと思う。僕も少なからず苛立っていたが、情報を握っている彼女らには、それ以上の焦りや苦悩があるのだろう。

「……無神経だったよ」

言って、彼女に従うことにする。


広場に到り、千枝実の言い分の半分は、なるほど理解ができた。

バイクも、車も、めちゃめちゃに壊されている。特に車は全面ガラス割られてるわ、四輪ぜんぶパンクしてるわ、ひどいもんだ。

我が愛車も、フロントフォークが真っ二つに折られており、廃車不可避だ。あんなに頑張って直したのに、何てこった畜生……

が、もっと悪いことがある。

車のそばにはもうひとつ、さっきと同じような遺体があった。

巨大。膨大。「山」と呼ぶのがふさわしい、大量の肉と骨を積み上げたもの。二、三人分まとめて死んでいるのでなければ、それはあの巨漢、橋本雄大氏の変わり果てた姿としか考えられないのではないか。

「……橋本さん？」

千枝実はうなずき、僕は二つの人命とともに移動手段がなくなったことを理解した。

「あれ見て」

次いで千枝実が示したのは、木製の電柱。

電線が、引きちぎられるように断線し、垂れ下がっていた。電柱上部には、例の音楽を放送していたスピーカーがある。なるほど、断線のせいで今朝は放送がなかったのか。

「よその電線は生きてるけど、食堂のは電話線ごとやられた。外に連絡、できないよ」

一応、自前の携帯電話を出してみる。電池切れ寸前だったが一応動いている。

前見た通り、圏外だ。状況は更に厳しい、と。

「これも見て」

言って千枝実は少し歩き、それに近付く。

見上げるような、大岩。その比較的平らな岩面いっぱいに、何かが描かれていた。

赤黒いラクガキ。

何だろう、何を表している？　当初、特に意味のない線を描き殴っただけかと思ったが、違う。

基本となる図形は、いびつなひし形と、その中に描かれた渦巻……それが、二つ。恐らく血液で描かれているのであろうそれは、しかしその画材以上に、形状の異様さ、不気味さで目を引いた。

「おおかみが二匹、村に紛れ込んだ」

静かな声で、千枝実はそう告げる。

「戦わなきゃ、いけない」

集合

食堂に入ると、決して広くない店内に住人達がスシ詰めになっていた。

「——てめえ、」

「生きてやがった……」

第一声が、巻島寛造氏と室匠氏のそんな声。とっくに死んでいる前提だったようだが、憤りを表明するのはやめておく。

「……おはようございます。大変なことになったみたいですね」

「ごめんなさいね、ちょっと湯呑みが足りなくて……」

「いえ、お構いなく」

店に一歩入ったとたん、

「てめーがやったのかよ、ああ⁉」

織部義次に、からまれた。

「いや、やってないよ……どうしてそうなるの？」

「うるせえ人殺し！　入って来るんじゃねえ！」

「……そこまで言うなら理由を聞こうか」

「バカでも分かっだろ！　よそ者で人殺しできそうな奴、お前しか残ってねえんだよ！」

見渡す。怯《おび》えた顔、苛立った顔――並み居る休水の住人たちに囲まれる異分子ひとり。

「……おー、確かに怪しいな、僕」

「ざ　け　て　ん　じ　ゃ　ね　え　ぞ　オラァ‼」

「やめなさい義次！　やめて！」

摑《つか》みかかってくる義次くん、止めようと縋《すが》ろうとするかおりさん。大きな両手をぬっと伸ばし、両者を引きとどめたのは、室匠さんだ。

「かおりさん任せてくれ。義《よし》、やめろ、うるせえのはお前だ」

「ああ⁉　匠にいだって言ってただろ！　こいつが怪しいって‼」

……参ったな。こんなに待遇悪いか。

「ガキが出る幕じゃねえっつってんだ。それにここじゃ迷惑だ、なあかおりさん」

「あのね、匠さん……あの、とにかく落ち着いて、穏やかに……」

「……大丈夫だ。ちゃんと話は聞く」

「くそっ、離せよ匠にい！　俺は絶対あいつのこと信じねえかんな‼」

「何度も言わせんな、話は聞く」

言って義次くんを解放するも、剣呑な視線を離さない匠さん。信用も解放もしないが「話だけは聞く」、と言われているのだ、これは。

「ナムシンナイダイゴンゲン……ナムシンナイダイゴンゲン……」

「やめぇ多恵バア、縁起でもねェ。それより、集会堂の鍵ァどこだ」

「……回末《うえまつ》様に預けたわよぉ、二、三日前、お壇を直すんじゃって……」

「回末の、いいか」

「取って。参ります」

──あの、「逃げろ」と言った、神秘的な少女。

回末様、というのか。

「……」

一瞬視線が合ったような気もしたが、そのまま通り過ぎていった。

「めっ、めぇっ、まってっ！」

「めー子ちゃん、ちょっと待っててね」

「回末様」と一緒だった、あの白いワンピースの女児もいる。回末様、を追おうとして、かおりさんに制止されている。

やっぱり、どこにでもいそうな普通の女児という印象だ。真ん丸の眼に、癖っ毛のショートヘア、膝小僧には真新しい絆創膏が増えている。おそらくはあの時見たように、お転婆に遊びまわっているような子なんだろうが、今は眉尻は下がりっぱなしで、おそらく人見知りなのだろうと当たりをつける。どちらかというと特徴は「めぇめぇ」という口調に集約されるようだ。

「……全く、こんな……全く……」

一番奥の席には、イライラを隠そうともせずに座っている能里清之介氏。

「……あー……」

少し離れた席に、狼じじい氏。相変わらず何を見て考えてるのか摑めない御仁だ。

「母さん、みなさん、戻りました」

「春ちゃん、コッチ」

「う――うぐっ――う、うん――」

そして高校生三人組も登場する。休水集落の住人は、全員揃っているように見える。外来者では、記者二名が死に、僕と迷子の女児のみが生き残った形。大人かつ外来者の僕が疑われるのは、取りも直さず自然といえる。などと勝手に考えていると、

「リカコさん、ちょっと待ってもらえる？」

鍵を取りに行くという回末様（リカコ？　呼び方混乱中）を、千枝実が呼び止めた。

「この人、房石陽明さん。皿永でバイク事故に遭った人」

「……あ、どうも」

このタイミングで紹介？　何故？

「こちら、回末李花子《りかこ》さん。まわるにすえでうえまつ。珍しいでしょ？」

珍しい。確かに。ただ、聞いただけで漢字は想像できていたな。何故だろう、知人にいるわけで

もないから、どこかで珍名として見たことがあったんだろうか。

「ちなみに李花子さんは、上藤良の長者、回末家の現当主様です」

長者……ずいぶん古風な呼び方だが、つまり名家、名士の類ってことだろうか。千枝実は清之介氏の能里家もそう呼んでいた。能里と回末は名家、と覚えておく。

「……回末。李花子と。申します。お見知りおき下さい」

慇懃《いんぎん》に、一礼。こちらもあらためて礼を返し、自己紹介が済む。

「あとそっちのが、めー子ちゃん。名前がわかんないから、そう呼んでるだけだけど」

「めぇ……」

「こんにちは、よろしくね？」

そう明るく挨拶すると、めー子と呼ばれた少女は怯えの表情を濃くし、かおりさんの手をさっと振り切って、回末李花子の後ろに隠れてしまった。原っぱの時と同じ。嫌われてしまっただろうか。

「……で、なんだっつうんだ千枝実」

「いちおう全員に面が通ったところで、言うね。わたしは、房石陽明さんを『宴』に呼ばないことを提案します」

言外の動揺が、場に走るのを感じた。

「千ィ、勝手言ってんじゃねえ」

「そいつが怪しいか怪しくねえかを『宴』で決めるんだろ」

表情を一様に険しくし、語気を荒らげる大人たち。

「わたしは、彼がそもそも『宴』に参加する資格がないと言ってるの、匠兄ちゃん」

「何言ってんだ千枝ねえ！　言っただろ、そいつが一番怪しいっつうの‼」

「義くん、『宴の支度』した？」

「ハァ？　……し、したよ」

「しなかった人、いる？」

誰も手を上げない。僕は当然、身の振り方を知らない。

「あの、支度って？」

「みそぎ、ものいみ、ゆめまくら……」

厳かな、あるいは懐疑的な口調で山脇多恵がつぶやく。

「体を浄める。ひとつの建物に一人で閉じこもる。眠って夜明けを待つ。この三つ」

補足する千枝実の声には罪悪感が滲んでいる。確かに、それは守れるわけがない。

「じゃあ、はい、やってませんね。野外トイレで一人、風呂も入らず徹夜しましたから」

ざわつく室内。どうやら意外な回答だったようだ。

「『宴の支度』をしなかったから、あの二人はけがれを受けた。でも房石陽明さんは受けていない。わたしは『申奈《しんない》さん』が彼を無視していると思ってる」

申奈さん。また新しい用語だ。

「皿永から来た人ではあるけど、彼は本当にただ通り過ぎただけ。むしろ『宴』の邪魔になる。申奈さんが手を下さない以上、そう考えるべき。いや、むしろ『宴』に混ぜれば、申奈明神の怒りを買って危ないかもしれない」

「……ばあちゃん、どう思う」

「あんた、ほんまに支度をせんと無事だったんかね……？」

「ええ、はい」

「……分からんねえ……初めてよう、そんなことを聞いたのは」

多恵さんの口調は投げやりなものではなく、本当に困惑しているようだった。

「李花子さん。どう思われます？」

「……」

どういう力学があるのか分からないが、ここで千枝実は回末李花子に話を振った。

「……わたくしも。賛成です。申奈明神が。裁かれないのなら。この方は。山の掟《おきて》の埒外《らちがい》に。おられるのでしょう」

更に大きくなるざわつき。

「そういうことです」

「千枝実、分かってんのか。そいつを外すってことは……」

「うん。大切な『宴』一日分、無駄な人をくくらずにすむね」

しれっとした顔で食い下がる千枝実。匠さんの表情が一層厳しくなる。

「……おやっさん、どうするんだ」

むっつりと黙る巻島寛造氏だったが、しばしののち、裁定を下した。

「こいつは、『宴』から、外す」

「おやっさん……」

「多恵バア、それでええな」

「……まあ……そう、ねえ……」

決定が、下る。

「じゃが、」

視線で真っ直ぐに僕を捉えたまま、巻島寛造氏は人を割って僕に歩み寄ってきた。近くで相対すると、彼も年齢不相応に大柄で筋肉質だ。腕に浮き出た血管と、握り拳にみなぎる力……さらに表情には、押し殺した強い憤懣《ふんまん》のような感情が宿って見えた。

「山の掟が通じねえなら、わしらの取り決めに従ってもらう。さもなくば」

さらに顔を近づけて、

「わしが、てめえを、殺す」

彼はゆっくり、はっきりと、告げた。脅しとは思えない。本気の殺害予告。

「ちょっと待て、彼が外されるというのならば私や李花子さんも外してもらえんかね！」

皆の視線が能里清之介氏にさっと流れたので、絶句していた僕は正直助かった。

「おっちゃん、その理屈だったらボクもヤッスんもサボってよくなる？」

「廃嫡《はいちゃく》された者は話は別だろう！　どうして今現在四家に属している者がこんな馬鹿に付き合わなきゃならない！　行きましょう李花子さん、こんなもの付き合う義理はない」

「いいえ。能里様。藤良に住む者ならば。義理がないとは言えぬでしょう。みな等しく。中奈様の手のひらの上。それが。この休水という宴場に。載せかえられただけのこと」

「……し、しかし……」

「文句がありゃあ、どこへでも行けェ。けがれで死ぬのが、関の山よ」

巻島寛造氏がぴしゃりとやって、能里清之介氏は黙る。僕が再び水を向けられることもなく、なし崩し的に話が終わった。回末李花子は改めて（鍵を取りに行くとかで）場を後にする。すぐに戻ってきたが、それを合図に皆、どこかへと移動を始めるようだった。

どうしようかと思っていたら、

「てめえは、別のとこだ」

すかさず、巻島寛造氏の指示が入った。

「はい……どこに行けば」

「匠、奥の檻《おり》、使えるか」

「え……そりゃ、使えるけど……ああ、分かった、連れてっとく」

殺害宣言の次は、投獄されるらしい。人権ってやつはどこへ行った。

「あんた、こっちだ」

皆がどうやら広場に面したお堂へと向かうなか、匠さんと僕だけが列を外れていく。

雑草がぼうぼうに伸びた家々の間を分け入るように、奥へ。やがて雑木と岩っぽい崖にぶちあたる行き止まりに突き当たり、そこに大きな檻があった。屋根つきの、小屋のような檻だ。背は低いが、座っていれば、さほど窮屈ではなさそう。

「……生け捕りにしたシシを入れとくような檻だ。悪いが、ここに入っといてもらう」

「拒否権はないってわけですか」

「悪く思うな。皆が『宴』をやってるあいだだけだ。そう長くはかからねえ」

「詳しい話を聞くのも無理、と」

「……ああそうだな。『宴』に出んで済むだけで幸運と思ってくれ」

「宴」が何か分からないのにどうやってそう思えと？　流石に言いたくなったが、彼の表情に明確な苛立ち（早く去りたいのだろう）を見たため、黙って従うことにした。床は砂利になっていて、まばらに藁《わら》などのゴミが散らばっている。若干だが、獣臭い。

「ここ、横になっていいですか。眠れるときに寝といた方がよさそうだ」

「……ずいぶん図太いな、あんた」

「ただ、臆病なんですよ」

なんとなくそう口にして、

「はあ？」

意味が通じてないことに気付く。

僕が今、こうして生きているのは、あの二人を見捨てたから。

わけの分からない記憶を信じて、悲鳴を無視したから。知らないもの、怖いものを知りたいという、自分の定義を曲げたから。ゆえに、僕は臆病、だから。

彼らの死体を見てからこちら、ずっと頭の片隅に、その発想がわだかまっている。

「……寝てる間は、何も考えないで済むでしょ」

つじつま合わせに、そんなことを口にした。

肩をすくめ、扉に施錠して、匠さんが去る。僕は与えられたスペースで横になり、目を閉じた。情報を整理すべき。逃げ出すべき。少しでも眠るべき。それもこれも、嫌な思考を遠ざけるには及ばない。僕はいつの間にそんな殊勝な人間になったのだろうか？

黄泉忌みの宴　一日目

房石陽明が意識を手放せず悶々としていた頃、集会堂に参集した休水住人一同は、一日目の「黄泉忌みの宴」を開始した。


「——皆、座りんさった？」

薄暗く、だだっ広い集会堂の中、山脇多恵が最初の音頭を取る。

「じゃあ、『黄泉忌みの宴』を、始めましょうねえ」

裸電球の下、一三人の住人が寄り集まり、座布団もなしで座っていた。上座に長老、下座に子供。年功序列を基本としつつ、立場、性格、人間関係も踏まえて、座る順列は自然と、しかし厳然と導き出される。

「回末様、お願いしますよう」

「……中奈様に。献上されたお神酒《みき》です。下座から順に。回し飲みしてください」

手慣れた手つきで、回末李花子はラベルのない一升瓶を抱え、傾ける。ついさっき封切られた旨酒が、大人の片手にも余る大きな盃《さかずき》へと注がれる。李花子はそれを一度押し頂くと、すぐ横、最も下座に座る女児の前へと差し出した。

「おさけ……」

「あなたはお口をつけるだけ」

事情は理解できずとも、めー子は雰囲気を感じ取り、おとなしく李花子の指示に従って、しぐさだけをなぞった。追って李花子自身が一口だけ酒を含み、盃は織部義次へ。

「未成年者は飲むなよー」

「一杯くらいどうってことねえよ。あーあ、千枝ねえもつまんなくなっちまったな」

「やめなさい義次……泰長もなにか言ってやって」

「義次、あくまで形だけのものだから」

「チッ、うるっせえな、分かってるよ、兄貴」

姦《かしま》しく交わされる年少者たちの声にも、緊張、焦燥、苛立ちが滲む。

盃は回る。織部義次から、巻島春へ。

「……こんなの、飲みたくない」

「誰も飲めなんつってねえだろ。春ねえ……」

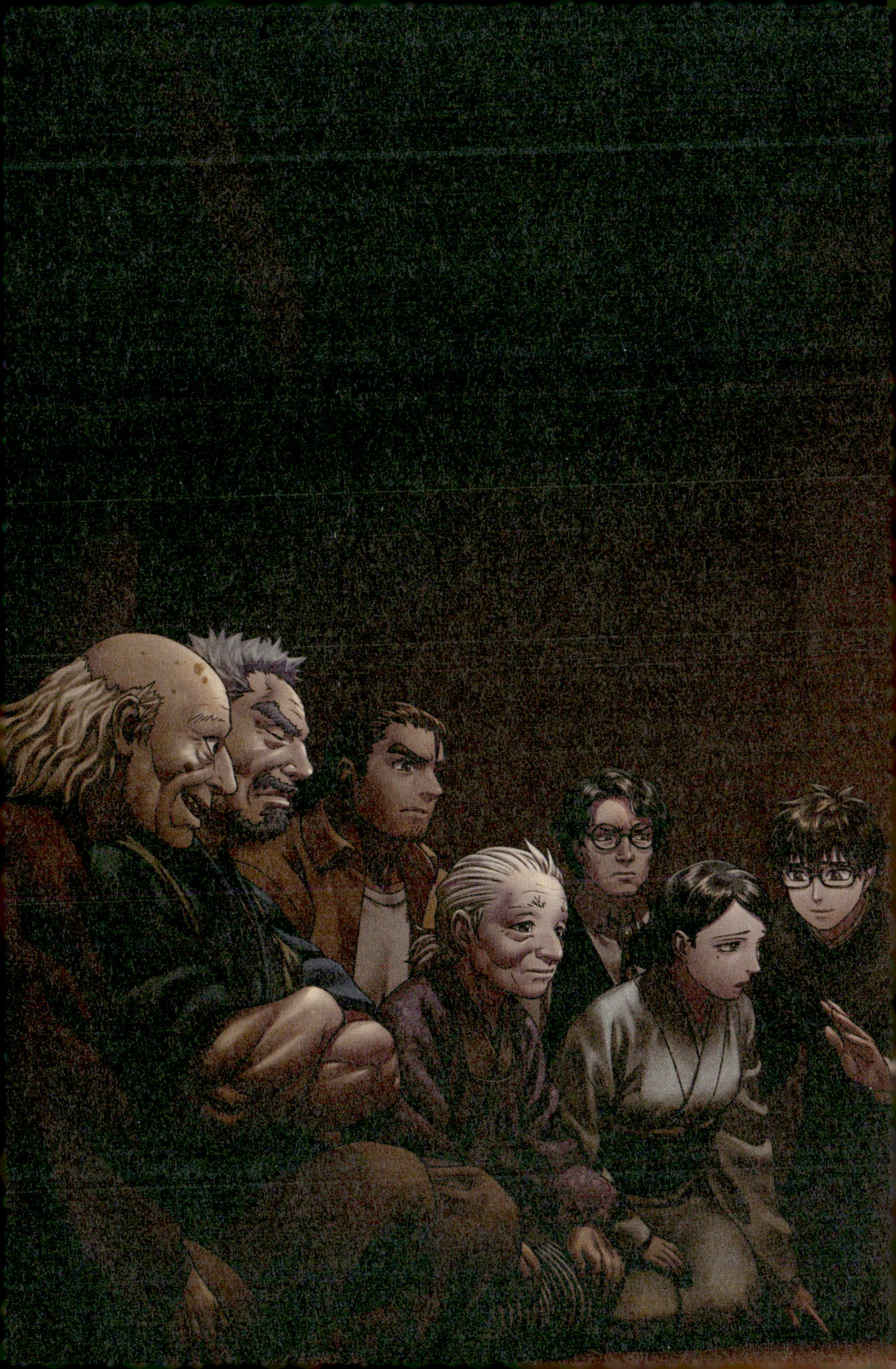

「春ちゃん、ちゅってして、はい終了ー、ボクも終了ー」

醸田近望から、織部泰長へ。

「僕もこれで……千枝ねぇ」

織部泰長から、芹沢千枝実へ。

「ここから大人ね。いただきます」

織部かおりへ。

「私はこのくらいで……」

能里清之介へ。

「……存外にいい酒だな。では、室」

室匠へ。

「……昼間っから酒が飲めるとは、『宴』様々だな。ほらよ、おやっさん」

巻島寛造へ。

「ン……多恵バア、こぼすなよ」

山脇多恵へ。

「はいはい、いただきます……おじいさん、持てるかいね?」

そして、狼じじいへ。

「さ、酒、酒か……うっ、エホッ、ケホッ」

こうして盃は一巡した。回末李花子が静かに盃を取り、元の席に戻ってくる。

「多恵バア、説明せえ」

「……みんな、お話は知っておるね？　夕霧が立つとき、おおかみ様はよみがえり、ひとを血祭《ちまつり》にせんとされる。よもつおおかみのお印が二つ。此度《こたび》、おおかみ様がおふたり、をちもどられた。じゃからあたしらは、宴して、恐ろしいよみのけだものを探して、くくらねばいかん。従わずば中奈様は『けがれ』を下される。それは、とても恐ろしい死に目を見るということよう」

聞く住人達は、十人十色の、怯臆《きょうおく》と惨慄《さんりつ》の表情を浮かべる。

「けがれを受けたくなくば、『宴』する。それが、あたしら休水の者の役目。むかぁしから続く、誉れと、責任ある、役目なのよ……」

「おねーちゃん、くくるって、なに？」

「ころす。という意味よ」

「こわい……」

「だいじょうぶ。わたくしが。守ってあげるから。遮って。申し訳ありません。山脇様」

「……ええのですよ。小さい子のすること。おおかみ様かもしれんのは、その子だけじゃあございません……」

「やれやれ、くだらん話ですなあ」

集まる視線をものともせず、能里清之介は蔑みの声音で言い放つ。

「おいおっさん、くだらねえならとっとと上藤良に帰れや！　霧の中をよ！」

「義次、あんたはもう……！」

「……失礼だが織部さん、自分の子にどんな教育をなさっているのかね？」

「俺ぁ勝手にグレてんだ！　ババア巻き込んでんじゃねえよ‼」

「義次、黙れ。ぶん殴るぞ」

「あ⁉　匠にいまで何イバってんだよ！」

「殴るっつったら殴る。義も清《きよ》も一緒だ。お前らちょっと頭を冷やせ」

「ふん、貴様に長者を殴る根性はなかろう」

「……言われてんぜ、匠にい」

「大人は無駄に根性試しをしねえ。しかし多恵ばあちゃん、俺やっぱり納得できねぇよ」

諍《いさか》いを鎮めつつ、場の恐怖と等量以上にあふれている疑念を代表し、室匠は切り出す。

「その話、俺らぁずっと聞かされてきたが、ずっと分からねえことがある。俺らはずっとここで育ってきた。めー子以外はみんな顔見知りだ。おおかみが入れ替わってるって？　そんなわけねえよ。みんな、普段通りだ」

幾人もが小さく頷く。総意得たりと笑む室匠だが、ここで思わぬ横槍を受ける。

「匠ィ、甘ェこと言ってんじゃねェ」

「何だよおやっさん。怪しいやつがいるっつうのか」

「どいつも、こいつも、怪しい」

その言い草に、室匠は眉をひそめる。粗野だが現実主義者《リアリスト》であり肩を持ってくれると思っていた相手が急に敵に回ったのだ。

「……おじいちゃん」

「春も気を付けェ。けだものでも、ひとをだます。ひとなら尚更よ。こん中に、わしらをだまして、平然としとるもんは、おる」

ざわつく一同。その中から遠慮がちに声を上げたのは、芹沢千枝実だった。

「……なんで、そう断言できるの？」

言い切るからには答えがある。誰もが抱いた期待に反し、巻島寛造は口ごもった。

「……昔のもんの言葉には、真実がある」

「……ま、いいですけど」

いいはずがない。納得がいくはずもない。それでも千枝実は一時引き下がる。

「休水のぱーぷーの言ってきたことだろー」

「モッチー、やめとけって……それでどうするんですか？」

「どうって泰、話し合いで決めんだろ？」

「……話し合いで決まるのかな……この中の誰かを殺すという決定をでしょう」

「すぐじゃなくていいだろ。全員が考えを言う。それで納得のいく意見を絞り込む」

「千枝ねえ、どう思う？」

水を向けられた千枝実は、肩をすくめる。

「少なくとも『全員怪しくないと思う』人と『全員怪しいと思う』人がいる時点で破綻してると思うけど。決まるはずのない会議を延々やっても苦痛なだけ。それに耐えかねて、みんなツルの一声を望み始めるし」

「千ィは何が言いてェ」

やや語気を強める巻島寛造を室匠は制し、千枝実に言うが、

「千枝実、あんま心配すんな。俺らは休水の釜の飯食って暮らしてきたもん同士だぞ。何とかなる、何とか」

思想が、ものの考え方の根本が、すれ違っている。

「……匠兄ちゃんの仲間思いなトコ、すごくうれしいけど……その仲間から一人、選んで殺すんだよ」

「……」

「もっと嫌なこともあるよ。仲間から選びたくなかったら、仲間じゃない人から選べばいい。そんなに好きじゃない人とか、ここに来て日が浅い人とか。少なくとも、そういう理由では絶対に選ばないようにしないと、大変な間違いをしちゃうんじゃないかな」

ここに至り、室匠もいら立ちを隠すのをやめる。

「だぁら、俺はそもそも、殺すとか頭おかしいからやめようぜってまとめてーんだよ！」

まことに常識的。平穏な日本における常識では、その通り、満場一致となるべき発言。

しかし、この場。手放しで応じる者は、一人、として、おらず、

「匠、それはいかん」

むしろ、家族同様に思っている山脇多恵に、切って捨てられる。

「……ばあちゃんだってこう言い出す。だからじっくり話して、だろ」

「わかる、わかるけどね……」

まだ踏みとどまろうとする匠。気持ちだけは同じだと、賛意と反意を繰り返す千枝実。

「あの、ちょっと……」

「はーい春ちゃんがしゃべりまーす」

「……義くんが言ったみたいに、千枝ねえが連れてきた男が殺したんじゃないの？」

織部義次が大きく頷く。まさに、「仲間じゃない人から選べばいい」の典型論。

「言ってるそばから……」

「ボクはナイと思うヨ。勘だけど。みんな、どーですかー」

「……匠にい、どうなんだよ。匠にいが言いだしたことだぜ、これはよ」

相変わらず攻撃性は隠そうとせず、その向ける先については慎重さを見せる織部義次。

「……ああ、怪しいと思ったさ。しかし千枝実の言う通り、そんな理由じゃ決めねえほうがいいだろう。それに、あいつは変な奴だが、殺しとかをやる奴じゃない気がする」

「わたしも賛成。わたしたちの問題なんだから、わたしたちで解決するべきだと思うし」

この言い草には能里清之介が難癖をつけた。

「……ふん、それだって好みで選んでいることに他ならんだろう」

「だから中奈様はあの人を無視してるって」

「それも憶測なのだろう？　私には君が何らかの結論を先に据えて憶測でもって押し通したように

思えたがね！　各々方《おのおのがた》、言っておくが、私は彼を外したことに納得はしていませんぞ！　ま、休水の皆様が決めたことゆえ、従いますがね！」

反論に窮する千枝実。代わって、織部泰長が新たに問う。

「じゃあ能里さんは、どうやって決めるべきだと思いますか？」

「結局、こういった場で決める手段といえば多数決しかないものだよ、織部泰長君」

「……民主主義万歳ってわけです？　らしくもないですねー？」

「危難に際しては皆でことにあたれとはすなわち、そういうことだろう？」

存外に真剣な口調で、能里清之介は反論する。

「合議とは最大多数の最大幸福に至るためのプロセスだ。さもなくばそれこそ君の言ったツルの一声、つまり有力者の独断に頼ることになろう？　休水の有力者とは？　巻島寛造氏かね、それとも山脇多恵さんかね？　そして殺されるのは？　住人でない私か？　当のお偉方本人がおおかみかもしれないという状況でだ。馬鹿らしいと思わんかね！　言っておくが私は死ぬのは御免だ。それならばせめて無力より一票の力を保ちたいね」

反論できず、眉をしかめて、むっつりと黙る、千枝実。

「俺は反対だ！　多数決だ？　そら結論は出るだろうよ、正しいかどうかは別としてな！　俺はやっぱり、ちゃんと話し合って決めるしかねえと思う！」

常識と理想を強弁し続ける匠。

「……ちなみに、話し合いをするとして、何をどう進めていけばいいのかな」

停滞を避けようとしてか、織部泰長はまた話の流れを変えた。

「多恵ばあちゃん、『宴』には山の御護《おまも》りが力を貸すって話だよね？」

「そうよ、千ぃちゃん。へび様、さる様、からす様、くも様が、力をお貸し下さる」

「それぞれのご加護、改めて聞いてもいい？」

そこで突然、ただその場にいるだけだった最長老が口を開く。

「……へびは、のう……」

「うわ!?　ジジイ、知ってんのかよコラ!?」

「へびはのう……おおかみが誰か、山に聞ける」

一つ一つ、記憶を辿るようにゆっくりと説き明かしてゆく、狼じじい。

「さるだけ、二匹おる……お互いがさるじゃと、知っておる」

そもそも、意味のある台詞をこの人物が口にすることがこれまであったろうか？

「からすは、くくられたもんがおおかみじゃったかどうか、山に聞ける」

故に皆、狼じじいに注目し、その言葉に耳を傾けた。

「くもは、おおかみから一晩だけ、他人を守ってやれるよう、山に頼める」

ただひとり、巻島寛造だけは、眉をしかめて目を閉じていたが。

「……その通りじゃと私も聞いておりますよう、おじいさん。加護をいただいた者は、枕の下に便りをしたためて御護りに問えば、答えてくださる、と……」

「おおかみ、来たのう……」

「ええ、ええ……あんたぁボケとるかと思うたが、信心があったのねえ……」

感慨深げに詠嘆する山脇多恵。一方で、巻島春は不満顔だった。

「……どういうこと？　というか、神様とか御護りとか、ホントにあるの？　ただ昔話になぞらえて、誰かが人殺しをしてるだけじゃ……」

「春ちゃんや、神様はちゃんと、おる」

「そんなの、信じてるだけでしょ！」

「そんなことはない。みんな、生まれてから、これまでに、中奈様の御姿を、見とるはずよ」

反論が、起きない。

「……そんなの……ただ、の……」

異論を唱えようとして、巻島春は、言い淀む。肩が、舌が、震えている。

「……春ちゃん、落ち着いて。大丈夫？」

「……うん、ごめん」

織部泰長に宥《なだ》められた巻島春は、しばしののち疑問を口にした。

「今の狼じじいのやつ、みんな分かったの？　もっと分かりやすくしてほしい……」

「若い子は、もっとちゃんと、昔の話を覚えんといかんねえ……」

「へびは見破る。さるは手を取る。からすは味を見る。くもは守る」

苦言を制すように巻島寛造が端的に唱えたが、端的に過ぎた。渋々といった形で説を継いだのは、長者の義務感を発揮したか、能里清之介であった。

「……昔から休水の者が吹聴するところによれば、へびは大衆に紛れたおおかみを発見することができた。へびは三車《みぐるま》家の守護獣でもある。さるは、守護するもの同士がおおかみでないことを確実に知っている。さるは日口《ひぐち》家の守護獣でもありますな？」

「……ええ、亡夫の御家《おいえ》は、さるの御家でした……」

それを言わせた無神経さは皆の神経を逆なでしたが、気にせず能里清之介は続ける。

「からすは、死んだ者がおおかみかどうか知れる。我が能里家の守護獣が、からすだ。くもは、誰かの家におおかみが入るのを防ぐ。くもは回末家を守護している」

「はい。それぞれの御家の紋にも。それぞれの御護りがあしらわれています」

もう一人の長者、回末李花子がそう追認した。

「……知れるって、どうやって」

皆が顔を見合わせ——仕方ないわねえ、とばかりに、あらためて山脇多恵が語り始める。

「へびは夜、他の生きとるもんの名をなんかに書いて、枕の下に置いて寝る……翌朝、それが『ひと』か『おおかみ』か、中奈様に教えてもらえるそうよ。

さるは二人おって、加護をうけたときに、もう一人のさるが誰か中奈様に教わるそう。

からすは、前の日にくくられたもんが『ひと』かどうか、知れるそうだわねえ。

くもは、他の生きとるもんの名を枕に敷けば、そのもんを一晩おおかみ様から守ると」

伝承される、宴の作法。命を供して神と交歓する、それは古《いにしえ》のわざか、あやまちか。

「そうして、御護り様方の力を借りて、くくる一人を選ばねばならんということ。おおかみ様をみんなくれれば、勝ち。おおかみ様にみんなやられれば、負けよ。春ちゃんや、分かったかいね」

「……う、ん、分かった、けど……」

「そもそもばあちゃん、どっからそんなの聞いたんだ？」

「あたしは、あたしのおばあちゃんに聞いたのよう。でも、みんな、どっかで聞いてるはず。中奈様とおんなじ。休水のもんならねえ」

やはり反論はない。その場の誰も、反論できない、しない。

「と、とにかくそれじゃあ、このなかに加護を受けた人がいるってことよね!?　誰？　それぞれの御護りの血を引いてる人!?」

巻島春の言葉に千枝実は首をかしげ、

「……それは違くない？　だいいち、三車家の縁者は絶縁者含めてここにはいないし？」

さらに回末李花子が追補する。

「宴で……御護りが誰に力を授けるかは。気まぐれだと。聞いております」

「……あっそう……じゃあ、誰なの？」

巻島春は問うも、応える者はなし。

「下手に明かせば、おおかみ様に狙われるかもしれない……」

織部泰長の慎重な、しかし明らかに腰の引けた声に、室匠はいら立ちを募らせる。

「んなこと言ってたら、それこそ何も話が進まねえだろ……ああ、面倒くせえ！　ダラダラしてても話が進まねえだけだ！」

しまいには立ち上がって、室匠は宣言した。

「みんな聞いてくれ！　へびの守護を受けたのは俺だ！」

――ざわめきが、息をのむ声が、広がった。

「匠にい、それは本当なの？　というか、どうやってそれが……」

問いつつ織部泰長は視線を彷徨《さまよ》わせ、受け止めたのは山脇多恵だった。

「……御護りはねえ、夢枕に立つ。そして選ばれた者にしるしを残す。名前を便りにしたためて御力を借りる時も、しるしにより、応えてくださる」

「そうだ。俺にも『しるし』があった。夢は……正直覚えてねえが」

室匠が認め、認識はすぐ共有される。それは言い分として正しい、と。

「へびは見破る……じゃあ、匠にいにはこの場の誰がおおかみか、もう分かってるってことなの？」

結論を急ぐ巻島春だが、

「いいや、さっき言ったじゃろうね。今晩、調べるもんの名を便りにしたためねばならん。それも選べるのは、一夜にひとりだけ」

「……え、明日の朝になるまで分からないってこと？」

「そうよ」

不満げに黙る春。直後、より不満げに、険悪ささえ籠った声で、能里清之介が言った。

「ひとつ聞いていいかね、室」

「なんだよ」

「君はどうして、そんな重大な情報を、何のリターンもない今、開示したのだ」

「どうしてって……他に決める材料がねーから」

室匠は能里清之介とは旧知の仲だ。傲岸に接されることなど珍しくもない。にも拘らず、室匠は怯《ひる》んだ。何故責められているのか分からなかったからだ。

「……聞いた限りだと、へびの能力はとても大事だよ。おおかみにとっては手強《てごわ》い相手だといえる。だから……それを簡単に明かしてしまうと匠にいが危ないってことに」

疑問に答えたのは織部泰長だった。それで意を得た室匠は鼻で笑い、

「は、そんなもん怖くねえよ」

「なぜ怖くないと言えるんだね君は……とにかく今、我々はひとつの武器を失ったということになる」

「勝手に決めてんじゃねえ！　お前に何が分かるってんだ、おい！」

室匠の反駁《はんばく》は感情的だ。「お前に何が分かる」は「俺には分からない」の裏返し、不安・弱みを如《によ》実《じつ》に表している。

「分かるとも！　皆さま、聞いていただきたいのですがね。この場で何か言えば、それは『おおかみ』に情報提供をしていることでもあるんだ！　明かさなくていいことは明かさずに話を進めるべきだ、そうではないかね？　ええ？」

「……そうですね、それでひとつ思いついたことがあるんだけど」

「いま私が喋っているんだ！」

「黙れヒョーロク。泰、言え」

「なっ……」

長者である能里家の次男――その権威はいま、この場を実質的に取り仕切る巻島寛造により頭から否定され、口を挟んだ織部泰長へと発言権は渡ってしまう。

「匠にぃが正体を明かしたことを極力有効に利用するには、匠にぃを『くも』に守ってもらうのがいいと思う。この中にいる『くも』は正体を明かさずに夜……便りをしたためる？　とかして、匠にぃを『守る』のがいい」

そこまで言って、織部泰長は一応、能里清之介の表情を窺った。不満げではあるが、異論はなさそうだ。

「これで、匠にぃは助かる……どうかな」

「いいんじゃねェか。匠は今日、安全になる。へびに乞うて、誰かを調べェ」

巻島寛造が認め、誰も異論を挟まなかった。

「泰、おやっさん……」

力の抜けた声。自分が「守られた」のだということを、室匠は理解しつつある。

「……匠兄ちゃんが明日言う結果は、まちがいなく正しいってことね？」

「そうなるね」

織部泰長はそう認め、巻島春は留飲を下げた。しかし今度は千枝実が口を開く。

「匠兄ちゃん、誰を調べてどんな結果が出ても、嘘を言わないって誓える？」

「そんなもん決まって――」

軽く応じようとして、室匠は真意に気付く。この中の誰かがおおかみだとか、誰かが人殺しをしただとか、そんなことがあるわけはない――が、もし「へび」の御護りが夢枕に立って、この中の誰かがおおかみだ、と告げたとしたら？

「……決まってるさ」

沈黙が数秒に及ぶ前に、低く、室匠はそう答えた。そんなことがあるわけはないが、何が起きようが対処する覚悟はある。休水の者として、宴の重みを理解し、臨んでいる。その意志表明が必須だと、休水の若頭として、重々理解しているのだ。

「……じゃあ、今日はもういいんじゃない？」

匠の表明を皆が受け止めるだけの十分な時間の後、あえて千枝実は軽い調子で言った。

「……ホントにいいのかよ」

「何かまずいと思うのか？　義次」

「別に……ただ待つってのが性に合わねえだけだ」

弟・義次が不満そうに唸る。実のところは不満ではなく、日和見に対する不安であることを理解し、兄・泰長は提案する。

「ただ待つわけじゃなく、思い付けることはやったらどうかな。たとえば、匠にいが誰を調べるかは、みんなの前で言っておいたほうがいいと思う」

「ん？　どうしてだ、泰」

「匠にいが誰かを調べて、その結果が匠にいに不都合だったとき、別の人を占ったって嘘つくのを防げる」

「だから……言ったろ、嘘なんてつかねえよ」

「ふん、合理的だな。休水の者だけには情の厚い室にとって、必須の条件といえる」

「別に匠兄ちゃんに限らないでしょ。身内は誰だってかばいたいもん。だからわたしは、誰が『へび』だろうが賛成かな。あと利点がもうひとつ。誰を優先的に調べたらいいかって点は、少なくともみんなで話し合えるでしょ、ね？」

千枝実の説明に我が意を得たりと織部泰長は頷き、ややあって匠も頷いた。

「……そうだな。そのくらいは話しておきてえところだ。ちなみに泰は誰がいいと思う」

考慮することしばし、織部泰長は答える。

「僕はちょっと分からないけど……それこそ、不当に選ばれそうな人は先に調べておいたほうが安心かな……」

間髪を容れず応じたのは能里清之介であった。

「では私を調べてもらえないか。正直なところを言えば、そうでもないと発言権すら得られなそうなのでね」

「なくったって喋るんじゃん……」

「なんと言った、芹沢！」

「ああ、もうやめろお前ら。じゃあ、今日の夜、清を調べる。それで今日の宴はしまいだ。いいか？」

皆、黙っている。異論は思いつかない。問題があれば長老が口を出すはずだ。大同小異の後ろ向きな沈黙。本当に、この中に「おおかみ」が混じっているというのか？

「……反対は、いねェか」

いつもに輪をかけて重苦しい声で、巻島寛造が、最終確認をとる。

「本当に、それでいいのかねえ？」

山脇多恵がつぶやく。無責任に、明後日に放り投げるように、ただの不安を口にする。普段ならば、そんな不安でさえ、勘案され、斟酌《しんしゃく》され、恭《うやうや》しく扱われただろう。それが休水における長老の立場であり、責任であり、権限なのだ。

しかし、黄泉忌みの宴では、違う。

「知っとろうが、多恵バア。宴じゃ老いも若ェもねェ。能里のの言った通りだ。危難の時ャア、皆で決めるのが山の掟よ」

もちろん、知っている。だから山脇多恵はただ頷いて、黙る。

「もう一度聞く。反対は、いねェか」

反対は、とうとう、なかった。

「じゃあ今日は、誰もくくらん。宴のことは、宴の外で言うんじゃねェぞ。あの若ェのもいるし、始末がつかなくなるからな。以上だ」

号令とともに、皆は両手を額の前で組み、謎めいた山の神への恭順を表明する。

宴はお開きとなった。

首吊り松

複数人から呼ばれる声で、目が覚める。

「ホントに寝てる……あ、起きた」

「今日のは終わったぞ。待たせたな」

「それはよかった……イタタ」
一、二時間くらい経っただろうか。匠さんと千枝実がやってきて鍵を開けてくれた。
「その、宴とかっていうのは単なる儀式なんですか？　不吉を退けるような類の？」

「……いいや、寄り合いみたいなもんだ」

「なるほど。犯人捜しをする、ね」

さっきこの人は言っていた。僕が怪しいかどうかを「宴で決める」と。

「陽明さん、クチバシの突っ込み方がだんだん露骨になってきてる」

「うん。どうやら純然たる被害者らしいということに気付いたので、それなら自衛のために知識を仕入れようかと」

少し寝たことで、嫌な思考は遠ざけられた。ならば頭は有効に使うべきだ。

「はぁ……匠兄ちゃん、わたしの方から説明しといていい？」

「……ああ、そうだな。頼む。俺は片付けやら何やらしねえと……」

語尾に疲労を滲ませながらそう言って、匠さんは退場。

「……片付けってもしかして、遺体を片付けるの？」

「そうだね。多恵ばあちゃんが、よみびとは皿永に流せって」

現場保存の原則を根底から覆す発言。まあ、ここの人々はハナから警察の介入を期待していないようなので、自然なのか。

「じゃあさっそく聞いていこうかな」

「場所を移そうか。邪魔が入らない場所に」

たっぷり溜まった質問権をおもいきり行使したいのに、まだお預けか。

「待った、これだけ今すぐ聞かせて。今日は誰かを選んだの？」

「選ばなかった」

オーケー。続きは焦らずにいこう。


「ここは……」

広場を経由してやってきたのは、昨日、回末李花子とめー子を見た場所だった。皿永を望む、開けた岩だらけの草っ原。濃霧の中では印象が違い、明るいわりに開放感はない。

千枝実を追うと、やがて霧の奥に、大きな影が見えてきた。思い出す。草っ原の果ての崖っぷちに、一本の古松が半ば崖に乗り出すように踏ん張っていたが、あれだ。ということは崖が近いわけだが全然見えない。この霧は実に危険だ。

「さっきは、ごめん」

「ん？」

「ああ……いいよ、[illegible]ことで、おっきな声出しちゃってさ」

他にも謝られるべきことは多い気がしたし、警察の件はまだ納得[illegible]ていないが、今は蒸し返しても仕方ない。千枝実が説明を始めてくれるのを待った。

「わたしたちの信仰の中[illegible]る意味、ここ。『[illegible]』」

「……首吊り松、[illegible]」

配慮する気が[illegible]失せている僕は率直にそう言った。そんな名を冠する樹木、ろくでもない故事やら伝説があ[illegible]に決まっている。そういえば能里清之介氏が「休水流のもてなし」とかで「崖から突き落とす」とか言ってたな。処刑場、か？　だとすると——

「もしかして、ここの岩って全部、お墓？」

「そう。集落のほうの岩は何だか分からないけど、ここのやつは明確にお墓」

……もしかして僕は知らず墓石を蹴飛ばしていないか。休水のご先祖様すみません。

「あらためて、イカれた休水へようこそ。バケモノも出るよ！　あはは！」

澱《おり》のようにねばつく空気のなかを、千枝実の空笑いが漂う。

「君は、バケモノなんて信じないタイプだと思ってた」

「陽明さんは、信じる人を気持ち悪いって思っちゃうタイプかな」

振り返った千枝実は笑顔だ。会話を円滑にするためだけの、冷たい笑顔。

「ええと、それは言い過ぎかも」

「嘘だ。顔に書いてある」

不思議なものを信じることを一概に気持ち悪いと断じたくはない。しかし、見えないものを見えないままで信じる——盲信する姿勢には、相容れないものを感じる。それは確かかもしれない。

「頭でっかちだからね、突拍子もない話を信じるには材料が欲しい。根拠とか理由を」

「理由？　強《し》いて言うなら、そうだなあ」

再び松に向き合う千枝実。

「かみさまを見たこ、と、が、あ、る、か、ら、か、な」

呟くように虚空に溶ける、静かな声。

彼女の意図を、僕は拾い切れない。化け物と——人狼《アレ》と、なぜ言わないのか。

「ほら、気持ち悪い」

僕のしかめっ面を勘違いして、千枝実は苦笑いする。

「君が真剣なのは分かったから、僕だって真剣に向き合うさ。神を見たってのは、いったいどういうことなんだ？」

「おっと、退かないねー。でもそれはともかく、もっと直近の危機について話そうぜ？」

即座に声から真剣さを抜いて逃れる千枝実。

「『宴』とやらについてか。まあ今はそれでいいや」


「千枝実イクスプレーィン」

「イェーイ、説明って意味ね？」

墓場で何やってるんだ我々は。周りを見回すが正に五里霧中。五歩先で誰かが立ち聞きしてても気づかない気がする……いないよな？　立ち聞きなんて、こんな場所に。

千枝実がわざわざ密談場所に選んでくれたんだ、大丈夫なはずだ。信じて気持ちを入れ替える。さあ、いよいよ「宴」とやらについて知れるぞ。

秘伝

千枝実の説明はかなり長くなった。質疑応答を交えつつ聞き出したところを、ざっとまとめてみよう。

まず、この藤良村には独特な伝承がある。それによれば、藤良の人々は「申奈明神」「申奈権現」「申奈さん」などと呼ばれる神を信仰している。ちなみに藤良村があるこの山自体「申奈山」と呼ばれている。

山を神聖視する、山岳信仰というやつだろう。「申奈さん」は「御護り」として五種類のけだものを遣わし、かつての（いつ頃かは不明）人間を助けたとされる。

しかし、「申奈さん」には自然の厳しさを象徴するような恐ろしい面もあり、「山の掟」に従わないものは容赦なく祟るらしい。その急先鋒が「おおかみ」だ。御護りの一柱にして狩猟の守り神だが、人間を追い立て、苛《さいな》む処罰者でもある。

一方、他の御護りは人間の味方という側面が大きい。

という。

「へび」は、予見により天気や農耕の吉凶を占い、人間の耕作や政治に対して大きな示唆を与えたという。

「さる」は、おおかみの眼を盗んで人間に火を焚くことを許した。他にも幾つか重要な知恵を授けたという。

「からす」は、「申奈さん」の敵である「よみびと」が滅びたのち、その肉をついばみ、処分したのだという。

「くも」は、夜に糸を編んで戸口をふさぎ、「よみびと」の訪問をしりぞけ、村の眠りと夢見を安全に保ったという。

この「よみびと」というのはやはり「黄泉人」のことらしいが、実のところ正体はよく分からない。しかし、僕が以前思ったとおり、「けがれ」「死」「黄泉の国」に関係していると考えられている。恐らくは何かの原因で「黄泉の国」から舞い戻った死者であり、人に害をなす不吉な存在……ってところらしい。

「山の掟」については多くが明文化されておらず、また多数あって説明は困難らしいが、基本的には「黄泉を退ける」目的で作られたもので、たとえば「さるの加護がないところで火を使わないこと」や「皿永から水を引かないこと」、「年寄りの知恵には傾聴すること」のいっぽうで「危難の折にことをなすには老若男女の区別なく皆で決めること」などがある。

千枝実はこれらを、学問や技術が発達していない時代にこの土地で生き延びる（つまり「黄泉を退ける」）ための知恵の集大成だろうと話していた。確かに、山火事回避は至上命題だったろうし、皿永の水が（少なくとも当時）清浄じゃなかったなら衛生知識もない集団を疫病から守るのに一役買っただろう。平時は年寄りの知恵に頼りつつ、未曾有の問題には全体で考えるという柔軟性も、共同体存続に有用だったはずだ。

時代が変わり、生活の知恵としての機能を失うにつれて多くの掟が失伝したが、それでも掟を重視する者は、年寄りや古い家柄を中心に藤良村全体でかなりの数にのぼるそうだ。

ちなみに上藤良では、この「中奈さん軍団」対「よみびと軍団」のシンプルな対立構図にもとづく「中奈信仰」が掟とともに連綿と受け継がれており、「おおかみ」を筆頭とする五柱の御護りの獣が「中奈さん」とともに篤く信仰されるに至っている。なるほど興味深い。素朴なローカル文化の形成の筋立《ストーリー》として、子供にも聞かせられるような内容だ。

ところが、ここから先——休水について踏み込むと、話は違ってくる。

休水においては、伝承される「中奈さん対よみびと」の構図が、ある一点で変わってしまうのだ。その重要な転換点とは、ある時ひととへび、さる、からす、くもが共謀し、おおかみを殺害したことにある。

なぜそんなことをしたか？　要はおおかみがあまりにも苛烈《かれつ》に罰するので困ったわけだ。他の御護りまで賛同したというから相当だったんだろう。ただ、おおかみ殺害の舞台となったここ休水のみに伝説が残ったということは、後ろめたい話ではあったのだろう。

とにかく、おおかみ殺しは為され、おおかみの恐怖支配が消えたことで、藤良村はさらに発展する。へびの三車、さるの日口、からすの能里、くもの回末という、御護りの血を引く四長者が支配層として成立したのも、この事件がきっかけだったそうだ。

しかし、話はこれでめでたしめでたしとはならなかった。おおかみは「よみびと」側となって蘇り、人間に仇《あだ》なす禍々《まがまが》しい存在となったのだ。

この崖の下を流れる川、皿永はよみびとの領域であり、おおかみはそこから夕霧とともに現れる。そして住人を殺し、川辺の泥を顔に塗ってその姿に身をやつし、素知らぬ顔で住人のなかに混ざる。そして夜、おおかみは本性を現し、残虐な方法で、住人を血祭に上げるのだ。

ゆえに、皿永と境界を接する休水の者が、おおかみを止めねばならない。その方法として、中奈明神が定めたものこそ、「黄泉忌みの宴」だ。

この「宴」、おおかみ殺しの饗宴を模した儀礼・儀式ということだが、中身はとんでもない代物だ。

なんと「宴」の中では、一日に一人だけ殺人が許容されるというのだ。

いにしえの秩序の中でも大きな禁忌だったであろう、身内殺し。その実行を許すことにより、人の顔をした「おおかみ」を集団から排除するのがその目的だ。

宴の開始に際し、ひとの側には、「へび」「さる」「からす」「くも」の加護が与えられる。その加護も借りつつ、ひとは仲間にひそむ「おおかみ」を追い詰める。さながら裏切りの夜の酒宴のごとく、彼らは酒を酌み交わしながら、誰がおおかみだ、誰を殺そうなどと言い交すのだ。そして、「皆で決めた」ならば、「ことをなす」。

それが、彼らが「くくる」と言い慣わす、処刑の執行。すなわち、この「首吊り松」に縄をつけて、犠牲者の首をくくって、崖から突き落とすのだと。

「──それが、今ここで起きてることの大体の説明、かな」

「……なるほど、なるほど」

情報量は多いが、理解できたと思う。現状行われていることは、伝説にもとづいた危機への対処というわけだ。しかし早速、納得がいかないこともいくつかある。そこに踏み込むには、僕の側もひとつ情報を開帳すべきだろう。

「千枝実ちゃんにだけ言うけど、僕はどうも、おおかみ様ってのを見たかもしれない」

「……うそ、どこで」

「ええと、トイレのドアの隙間から見えたような、って感じなんだけど」

リアルすぎる殺される夢を見た、などとは言えず、ごまかしてしまった。

「人間の体にオオカミの頭、だったような気がする」

声をひそめて言ったら、明らかに千枝実の顔色が変わった。

「…………うそ…………」

「それは『あーこいつマジで目撃してる』って意味でいいのかな」

「……う、うん、山祭り……中奈さんのお祭りね？　そこでもおおかみ様は人身狼面《じんしんろうめん》のカッコで出てくるし、上藤良に祀《まつ》られてる像もそうだし」

「ちなみに僕はその前後に女性の悲鳴を聞いている。だから僕は、あいつが馬宮さんを殺したのだと思った。それはいわゆる『血祭』なのか？　『殺して入れ替わる』の話だったら、彼女の死体が出るわけはないし……」

「ごめん、説明しわすれた。山の掟のなかに、霧が出たときにする、『宴の支度』っていうのがあるの。『みそぎ、ものいみ、ゆめまくら』の三つなんだけど」

『体を浄める。ひとつの建物に一人で閉じこもる。眠って夜明けを待つ。この三つ』

「……あったね。それを僕がやんなかったって言ったらみんな混乱してたっけ」

「うんそう。それに触れちゃったから、『けがれ』が下されて死んじゃった……と思う」

「けがれを下す」？　掟破りの罰として？　申奈さんが？

その言い分、何か引っかかる。けがれという字面と、あのめちゃめちゃに損壊された遺体が、いまいち結びつかない。それに、人狼《アレ》が「おおかみ様」なら、申奈さんの罰をおおかみ様が代行したってことになる。おおかみは黄泉側、敵になったはずだ。にも拘らず、山の掟の番人としてはまだ機能してるってことか？

が、そんな疑問すべてを横に置いてでも指摘すべき大事なことがあった。

「つまりあの夜、君はその掟の存在も知らせずに僕を便所マン化し、あげくに死なせる気満々だったんだな！」

「ちがうちがう、ちがうよー！　……正直、よその人はどうやっても助からないって思ったんだ。だけどせめて、もしかしたら生き残れるかもしれない方法を伝えたくて……見殺しは、嫌だったから……」

その言葉に嘘はないように思われた。彼女は絶望的な状況のなか、わずかな可能性に賭けてくれたのだ。結果として、掟を全破りした記者さんたちが亡くなった一方、かろうじて「ものいみ」だったかだけ果たした僕は、生き残った。

「……はい、白状します。生き残ってくれるとは思ってませんでした。でも、誓って言いますが、陽明さんが死ななくてよかったと思ってます」

「伝わりました。ありがとう、君は命の恩人です」

「ひざまずいて感謝してくれます？」

「光の速さで調子に乗りましたね？　……しかし、あの悲鳴は本当に馬宮さんなの？　それともおおかみにやられた別の誰か？」

「ううん、それはちょっと……」

「さっきの話から考えると、あのときの悲鳴が君のもので、君は既におおかみだって話も考えられるのか」

「……まあ、話の上では？　もちろん、わたしは自分がおおかみじゃないって知ってるし、そう言うけど」

「みんなそう言いますよ、と」

証明する手段がなく、手がかりは各々の証言のみ。どうやらこれは、とても厄介《やっかい》だぞ。

「質問！」

「はいどうぞ」

「おおかみ様が二人いる、って君は言ったよね。その根拠は、あのマークなの？」

巨岩に描かれた、いびつな印。歪んだひし形に渦巻き模様。確かに二つはあった、が。

「あれは、黄泉から戻ったおおかみ様の印。あれが二つあるってことは二人だと思う」

「憶測なわけだね」

「でも、多分そうだよ。さっきも言ったけど、山祭りっていうのがあって、毎年御護りの仮装行列みたいなのが出るんだけど、おおかみ様の役が何人出るか、似たような方法で発表されるから」

「……ん？　そもそもおおかみ様って、複数人いるのがふつうなの？」

「うん。いちおう、申奈さんの社には二人のおおかみ様の像が飾ってある。お祭りに何人のおおかみ様が出るかは、占いか何かで三車家の連中が決めてるみたいだけど、決まったら夜の間にサインを出すんだ」

「ああやって、岩に何か描くのか」

「ううん、ああいう岩……『おきば』っていうんだけど、『おきば』は上藤良にはないから。そうじゃなくて、申奈神社の境内の地面に描かれるらしいよ」

「らしい？」

「休水の者は、御護りのご来訪を休水で待つ習わしだから、見たことないんだ」

山の掟は色々複雑だな。

「とにかく、その時にたとえばあのマークが一個描かれてたら、行列には一人だけおおかみ様の役がいる、と」

「だいたい合ってるよ。ただ、上藤良のおおかみ様のサインは、もっとちゃんとした綺麗なひし形だけどね。あの、ひし形にぐるぐるってなったのは、黄泉から復活したおおかみ様のサインだし」

「なるほど、とにかく、そこで示された数のぶんだけ、祭りではおおかみ様が行列に加わるのは間違いない、と」

「そうそう。三人いたらめでたいらしいよ」

特にめでたくもなさそうに千枝実が言う。

認識を改めよう。「おおかみ」のことは、語感から「一匹」の「オオカミ」だと思ってしまいそうだが、正しくは「三人組」の「人狼」だ。しかし人狼か……僕は神話や昔話にはあまり明るくないが、少なくとも人狼やら狼男やらが出てくる国産の怪談奇談の類は、聞いたことがない。人面犬や狐憑《きつねつ》きなら聞き覚えがあるが、人狼伝説の本場といえば、やはりヨーロッパだろう。

一方、三人組の神や妖怪ってのは……これはまあ、結構聞くような気がする。三匹ひと組の鎌鼬《カマイタチ》とか、見ざる聞かざる言わざるの三ざるとか。日本神話でも、アマテラスオオミカミと、スサノオと……あと一人誰だっけ……とにかく、あれは三姉弟だったはず。コンビやトリオはキャラ立ちがいいから人気の類型なんだろう。人狼で三人組、というのは、キャラ立ち要素としてはちょっと詰め込みすぎな気もするな。

「『おおかみ』が三人だとして、じゃあ、他の守護獣の加護を受ける人は？　何人いるの？」

「『さる』だけ二人で、他の『へび』、『からす』、『くも』が一人ずつだよ。申奈神社の像もその数だし」

「……そうか。じゃあ今回、黄泉忌みの宴に参加してるのは、御護りが五人に、『おおかみ』が二人、他六人はただの『ひと』と」

「そうなるね」

「めちゃくちゃ大事なこと聞くけど、おおかみは互いの正体を知ってるの？」

「うん。おおかみはものいみを抜けて夜に出歩いて、協力して殺すっていうから」

なるほど、つまり非対称型のチーム戦か。

「ひと」側は圧倒的多数だが、敵の正体を知らない。いっぽうで、「おおかみ」側は少数だが、誰が味方で誰が敵かを知っている。どちらが有利かは、容易には断言できない。

原則、戦いとは数だ。数が多い方が勝つ。しかし時にその優劣はひっくり返る。たとえば、少数派が有効な情報を摑んで利用したとき。たとえば、少数派が巧みに連携して戦術上の優位に立ったとき。故に、単に数が少ないから「おおかみ」が不利だとはいえない。情報の偏りと、連携力の差は、「ひと」にとって頭の痛い問題だ。

だからこそ、「加護」の使い道こそが「ひと」の生命線になるのだろうが……

「……そうか、考えてて気づいたけど『おおかみ』が一人しかいないわけないな」

「どうして？」

「『からす』っていたでしょ？　『からす』の能力は、死体が人間か否かを判別するってものだよね？　つまり、『おおかみ』が死んでも変身が解けて正体を晒《さら》したりはしない。たぶん普通に人間っぽい死体が残るんだ。だから『からす』の能力は有用になる。彼がいなければ鑑定はできないってわけ」

「……それは、そう、かも。だけど、それと『おおかみ』の数の関係は？」

「もし『おおかみ』が一人しかいないとします。『おおかみ」が殺されました。何が起きる？」

「え、えーと、千枝実さん思考停止中」

「答えは、何も起きない。正確には、『おおかみ』による殺人が起きなくなる。ゲームクリア、人類の勝利ってわけだ」

「……あ、言いたいこと分かった。つまり、『おおかみ』が一人だけなら、殺人の有無イコール『おかみ』の生死……『からす」の加護が、いらないってこと？」

「ご明察……あ、違うか」

「違うの？」

「ごめん、『くも』のこと忘れてた。『くも』が『おおかみ』を防ぐ場合も殺人は起きないから、殺人の有無イコール『おおかみ』の生死にはならないや」

「いや、でも合ってるよ。いま、霧、出てるでしょ」

「うん」

「宴が終わったら、霧が晴れるらしいからさ。宴が終わったタイミングは絶対分かるんだよ。『おおかみ』が一人だったら、『おおかみ』をくくった翌朝には霧が晴れちゃうわけ。だから『からす』はやっぱり『おおかみ』が二人以上じゃないと意味ないってこと」

「おお」

確かにそうだ。合ってた！　いや、気付いても何にもならないポイントだけど。というか聞き捨てならないことを聞いたな。「おおかみ」が全滅したら霧が晴れる？　逆にそれまで晴れないのか？　天候とここの事件が連動している？　いよいよ超常の世界だぞ。

「……陽明さん、こんな状況でよくそこまで頭が回るね」

「そうかな？　普通に勘違いもあったし、抜けてると思うけど」

「いやいや、常人だったらパニックだと思う。ホントに学生？　探偵だったりしない？」

「いいね。秘境の難事件を解決しに来た名探偵ってわけだ。横溝正史の世界だね。でも、残念ながら、ご期待には沿えないな」

目の前の惨劇の解決に、探偵の登場を望むのは間違いだ。彼らは物語の中の存在だし、彼らが動くのは基本的に、ひとしきり死人が出た後なのだから。

「……じゃあ、どうして」

なおも食い下がる千枝実。聞かれても困る僕は、短くこう答えておいた。

「多分、大事な神経が何本か切れてるのさ」

その後も質問を続けていく。

たとえば「おおかみ」は一日に何人まで殺せるのか。今晩大暴れして皆殺し、とかだったら全部無意味である。千枝実は明確な掟や根拠を示せなかったが、当然のように「おおかみも一晩に一人しか殺さない」と認識していた。実際、「へび」の加護が働くのが今晩であることや、「くも」の加護が一人を守ることを想定していることから、この認識は理に適っていると思われた――馬宮さんと橋本さんは二人同時に亡くなったが、あれは宴のルールを外れたことに対する「けがれ」というペナルティだったのだから別扱いだ。

しかし、新たな疑問が浮上する。なぜ「おおかみ」は、殺す人数を自重している？

僕はこれを率直に千枝実にぶつけたが、なぜか千枝実はピンと来ない顔だ。

「不思議、かな」

「え、だって、二匹や三匹で一人ぶんの肉をシェアしてもお腹すくんじゃない？」

「……あ〜、えっと、おおかみは多分、人間を食べるって目的で襲ってるんじゃないよ」

「単純に復讐で惨殺してるって？　それならなおさら、大暴れすればよさそうだけど」

「分からないけど……別におおかみはそうしたいからしてるんじゃなくて……」

唸る千枝実。説明するに適切な言葉を選んでいるようだ。そして、

「おおかみもまた、何かの掟みたいなものに従ってるんじゃないかな、って気がする」

……そこだ。違和感の根源は。

黄泉忌みの宴には掟とされる幾つかのルールがあり、それを破れば申奈さんが、けがれと呼ばれる超常的ペナルティを与えてくる。山の神からすれば、自分の領域を侵すよみびとの軍勢は、全力で排除すべきなはず。

しかしそうではなく、人間に加護を与えるという微妙な支援にとどめる上、私刑にかける数も一日一人に留めている。一方で、おおかみの側も、一日一人しか殺さないことを前提にしている。

もしかして、山の神のルールというのは人間とおおかみ、両方に及ぶんだろうか。

キリスト教の神学における解釈だと、人間もサタンも等しく神の創造物であり、神の計画に従って動いているという。それよろしく、人間とおおかみの間でフェアな競争をさせようとしている？　それならば、「おおかみ様らしき人狼」が「けがれ」という神罰執行の片棒を担いでいることの説明も付くだろうか？

このあたり、いちおう千枝実にも聞いてみたのだが、やたら複雑で説明に苦慮したうえ、「言われたら確かに変な気がするけど、真相はちょっと分からない」という回答しか得られなかった。多恵バア氏なら知ってるかも、とのことなので機会があったら（あるのか？）聞いてみようと思うが、何となく、真相を聞ける気はしない。

僕が見た人狼《アレ》は、本来は誰にも——「宴の支度」を厳守する休水の人間にも、「宴の支度」を守らないで惨殺される外部の人間にも——目撃できないものだ。そこに伝説と合致しない点があったとして、いくら多恵さんが伝説の達人であろうが説明できる気はしない。彼女は僕が「支度」なしで生き延びた理由を説明できなかったのだから。

むしろ、僕は半ば確信しつつあった。おおかみ殺しと復讐の伝説には、額面通りに受け取ってはならない、秘匿された何かがあるんじゃないか、と。

「少なくとも、さっき予想した細かい部分は、誰かに確認したほうがいいかもね。おおかみが一晩に何人殺せるのかとか」

「……そうだね」

浮かない顔だ。何か気になるのかと聞いてみると、

「本当に、今夜また、誰かが殺されるのかな?」

そう彼女は口にした。明らかに、悲観的な声で。

『くも』がうまくやれば、誰も死なないかもしれないけど」

「そうじゃなくってさ、みんなの誰かが、ほんとにおおかみ、なのかな」

「うーん、それは何とも言えないけど、もう二人も死んでるわけだし……」

「それはだから、『けがれ』じゃん」

「人が二人も死ぬようなとんでもない事態だから、とんでもない展開が続きそう、ってこと。というか、君の方が、誰か死ぬだろうって顔してるけど」

「……そうかも。目の前の男性は気休めひとつ言ってくれないし」

「死体が出てなきゃ、いくらでも常識的で科学的な理屈を並べて差し上げたけどね。現実に即さない気休めは有害と判断した」

「陽明さん、女にモテないでしょ」

「死体が出てなきゃモテますけどね!」

……死体死体と連呼したことで気づいたが、まずいことを忘れていたぞ。

「しまった、死体片付ける前に色々調べておかないと……複数人分混じってないかとか」

「それ、朝イチで寛造じいちゃんが調べた。骨も内臓も、二人分しかないって」

「え、ホント? 彼はプロなの?」

「猟師だから。動物バラすのは得意よ」

……なるほど。餅は餅屋とはいかないが、僕なんかが見るよりはよほど見立ては確かだろうな。ん、待て、餅は餅屋……おお、思い出した。ある意味もっと大事なことだ。

「あらためて聞くけど、どうしてここを逃げ出して警察を呼ぼうとしない？」

「……」

「はぐらかさず話してもらうよ。僕は今、自分が取れる最善の手段がそれだと思ってる」

「霧が出たら、山に入ってはいけない」

「それも山の掟？」

「うん」

「昔の人の知恵だよね」

「たぶん」

「危険なのは分かる。超分かる。だけど、ここで座して夜を迎えるほうが確実に危険だ」

「……そう、かな」

「掟を破るほうが危険と？」

「……そう、思う」

休水の住人が迷信深いというのはよく分かった。迷信に逆らうと危険だということも分かった。だが、こういう状況なら、一人や二人、迷信に逆らって逃げ出そうとする人がいてもいいだろうに、と思う。僕のように実際に人狼《アレ》を目にしたわけでもないのに、誰一人として逃げ出そうとしないのは何故だ。

「……ここからは、逃げられない」

「どういう意味か、話せない？」

「……ちょっと難しい。けど、わたしたちは知ってるんだ。どうやったって逃げられない。この霧を抜けることは絶対にできない……知ってるから、あえてやりたくない」

「……それは、体験または教育された……」

「ごめん、はっきりは分からないんだ。ただ、知ってる。宴が始まれば、誰も休水からは逃げられない」

理屈じゃなく、そのように信じ込んでいる。

または無意識下に、そのような知識を得るなんらかの体験があった？

『かみさまを見たことがあるから、かな』

なぜかその言葉が、脳裏をよぎった。

「神様を見たことがあると言ったね。それはさっき君が言った、人狼を見たってこと？」

「……」

「それとも、串奈さん本人、とか？」

「……」

少し待ったが、千枝実は答えてくれる気配がない。考えている、とかではなく、これ以上説明する気はない、とかでもない、何か踏み入ってはいけないところに踏み入ってしまったことを、見逃してくれている、というような——不自然な無視を、されている。

「……とにかく、ここからは出られないと思うわけだ」

すぐに退いた。

「そうだね。多分、みんなそう言うと思う」

「山の神にスルーされたらしい僕が一人で外に行ってみるよ、とか提案しようかな」

「……わたしは止める。他の人がそれに賛成したら、陽明さんは死んでもいいって意味」

それは、聞くの結構こわいな。

「心配してもらえてるってことかな」

「休水でいちばん心配してますよ！」

「ありがとう。愛を感じるよ」

「あいっ⁉ えー違います、良識ゆえです！」

「他の人が良識がないかのような」

「少なくともみんな、よそ者に対しては見た目よりずっと冷たいと思ったほうがいいよ。わたしは、半分よそ者みたいなものだからそれが分かるし、親近感は持ってるかな」

「親近感でツーリングにも同意した、と？」

「いやその、だってあれが今生の別れになるかもしれなかったし、それならせめて色よい返事をしとこうかなとか」

「うわっ同情からの空手形かよ。じゃあこれ抜け出したら改めて誘うぞ」

「ど、どーしよーかなぁ、てゆーかこれでＯＫしたら死ぬ前フリみたいになるから、出られてから考えよう、そうしよう！」

くそ、押すだけ押して今は引きまくるか。平時なら楽しい駆け引きタイムだが、今は唯一の心の支えかもしれないのでとっととデレてくれないものだろうか。

「……話戻るけど、警察については、別に今じゃなくても期待できないかな」

「超常現象だから？」

「ん、それもあるけど、上藤良には駐在さんがいるだけだし、休水で何が起きたって、上藤良は何もしてくれないからね」

何が起きたって、何もしてくれない？　人が死んだとしても？

それは……。

「正解」

「まだ何も言ってない」

「顔を見ればわかりまーす。そうでーす。休水は、村八分の集落なんですー」

言おうとしたことは、確かに当てられた。

村八分。かつての日本における社会システムのひとつ。犯罪などに対する村落内のペナルティとして無視や福祉互助からの除外を与えるもの。要は一部の人間を集団からはじき出し、冷遇するものだ。

追放の一歩手前。精神的な苦痛だけではない、助けあわねば生活もままならない中世では生存すら脅かす、陰湿で厳しい処罰だ。

現代においても、たまに村八分事件——田んぼの水を止めたり、地域ぐるみで住人に嫌がらせを働いたり、といったことがニュースになる。悲しいことにいじめやご近所トラブルは日本中で起きているが、それと本質的には同じだと僕は思う。人間はそういう失敗をしがちな生き物だ。だからってそれが正当化されるとは思わないし、むしろ人間だからこそ、道理《ルール》を作ってそれを防ぐべきだと思うけれど。

加害者側の事情も気になるが、今は近くにいる人達のことのほうが気がかりだ。

「……何かやった人なの、みんな」

「そうじゃない人のが多い。巻島や山脇や室のお家《うち》が休水送りになったのは、大昔だし」

そこで千枝実は一度言葉に詰まり、

「内緒にしてくれる？」

いっそう声をひそめて尋ねてきた。もちろんと請け合う。口外したときの被害が予測できない、極めてデリケートな事情だと察する。

「織部かおりさんは、もともと日口家によそから嫁いできたけど、次期当主だった旦那さんがちょっとヘマをして、亡くなって。それで、まだ小さかった泰くん連れて、こっちに移り住まされたって聞いてる」

いきなり、嫌な話だ。現代にお家騒動から村八分とは、なんとも時代錯誤じゃないか。

「モッチーも実は、能里家の元嫡男だからね。お坊ちゃまなんだよ、実は」

「え、そうなの」

「うん。清之介さんとは叔父と甥の関係」

全然似てないな。

「ただ、モッチーちょっとヘンなので、養子に出されて、そのまま休水行き」

そういえば清之介氏も廃嫡うんぬんと言っていたな。こっちもお家騒動か。権力闘争の敗北者が漂着する場所……流刑地の様相も呈してきたな。本当、いつの時代の話なんだ。

「ということは、モッチーと泰長くんって実は貴公子コンビなのでは」

「イエス。実際どっちも血は確かに引いてると思うよ。『さる』の家の泰くんはとびきり頭がいいし、『からす』の家のモッチーはめちゃくちゃ勘が鋭いし。でもそういうの言わないであげてよ。あの子らも今は休水の子だし、長者の血のこと良くは思ってないから」

肝に銘じよう。それはそれとして、聞きにくいことにも言及せねばなるまい。

「……君は？」

「……たはー。ちょっと悪さが過ぎまして」

「昔は荒れてたとか？」

「ん、まあその。そういうのダメ？」

「むしろタイプ」

「……攻めるねーお兄さん」

君がヒットアンドアウェイを仕掛けるから。

しかし、どのケースも「移り住まされた」というのは度を越している。村八分に耐え切れず出ていく、というのはありそうだが、村八分者を隔離して思い切り村八分、というのは異常を通り越して斬新だ。居住の自由を侵しているのでおもっくそ憲法違反、教科書に載りかねないレベルの人権侵害じゃないか。

正直、訴えれば勝てると思うが、それが難しいのも分かる。数世帯しかいない休水は極限的な貧困と人不足に悩まされている。室匠さんの農業と、巻島寛造さんの狩猟で、ギリギリ支えているという感じなんだろう。それでも一応の平穏があれば、ことを荒立てずに慎ましく生きることを選択しても仕方ない。

とにかく、そんな背景があったうえで、この緊急事態だ。つまり、ここは見捨てられた場所で、外部の支援は受けられない、という点は事実とするしかない。その上、集落の全員、超常的な要因によりここから出られないと思い込んでいる、という条件が加わる。

そんな状況で、さて、僕はどうすべきだ?

蒸発

千枝実を信じないわけじゃない。濃霧を軽視するつもりもない。

しかし、僕が山の道理《ルール》から外れているのなら、ここで外に出て助けを求めることで事態を解決できる可能性もあると思う。千枝実を置いていくのは忍びないが、外部の助けが彼女を救う唯一解かもしれないのだ。

一方で、僕の常識回路はまだ健在だ。こんなおかしな場所、逃げるのが正解だ――そう思っている自分が、確かに頭の中にいる。「宴」に出ないことで僕の身の安全が保証されているとも限らない。巻島寛造氏は「下手すれば殺す」とまで宣言しているのだ。

白状しておこう。現段階で、僕は自分の命を最優先する方針だ。ただ、そのうえで他の善良な人たちを救うために力は尽くしたいとも思っている。

あと、もうひとつ。この常識的な考えの真逆をいく、不真面目でいかれた発想も常に頭の片隅にあるのだが、認めてはならない類のものなので、見ないふりをする。

まとめると、答えはひとつ。これ以上深入りする前に、そして、これ以上辺りが暗くなる前に、ここを出る。一刻も早く、誰にも相談せずに、だ。

決心した後は、千枝実の話に深入りすることも控えたので、早々に会話は終わった。

濃霧の原っぱと農道をおっかなびっくり戻って、学生寮へ。とっくに昼をまわっていたので、またカップ麺をおごってもらったのだが、食堂で食べさせてもらえない件については聞かない限り答えない方針のようだ。気になるが、もう諦めるしかない。

……食事中、千枝実がトイレに立った。チャンスだ。

僕は手帳を取り出すと「必ず戻るよ」と書きかけ——かえって不誠実だと思い直し、「帰ります」だけのメモをその場に残して、荷物をさっと抱えて部屋を出た。

驚くほど何も起きず、あっさりと寮を出た。さすが現実、すばらしい自由度の高さ。

霧の中で息をひそめ、時折住人たちをやりすごしながら、坂を登っていく。下り方面、皿永を目指すことも考えないわけじゃないが、特に危険視されているしやめておく。山側はまだ上藤良に繋がっているはずで、そこまで出られれば何とかなる。村八分で誰も助けてくれなかったとしても、最悪電話を盗むとか車をぶんどるとか、手があるはずだ。

登り切ったところに、山道への入り口を見つけた。上部を欠いた鳥居のような、巨岩に挟まれた未舗装の道だ。皆が恐れて立ち入らない霧の山……確かに、ほの白く霞んだ山林の影は鬱々として、また恐ろしげでもある。しかし改めて考えても、危険な集落に留まり続けることと比べれば、さほどリスキーな選択だとは思えなかった。

岩をくぐり、僕は進んだ——すぐに歩みを止めることになったが。

道が、崩れていた。思いっきり。

山の斜面を蛇行する未舗装路、それを塞ぐ土砂崩れ。これじゃあ車は通れない。なるほど、昨晩馬宮さんたちはこのせいで出られず、車中泊を決めたのかもしれないな。とはいえ僕は身軽なので、これを避けることは可能だ。ゲームなんかのこういう中途半端な「先が進めない演出」って納得がいかないよな。またげばいいじゃん的な。

というわけで、山道を歩いている。腐葉土とシダやらコケやらに覆われた足元は湿気過多もあってかなり滑りやすい。若木に摑まりながら進むが、弱々しい枝をいくつも折ることになった。あまり手が入っている気配のない山だ。藤良村の人たちは、林業をまったく営んでいないのだろうか。

とにかく、進む。

……ひどい斜面だ。ここを登るのは、無理か。

斜面を迂回しながら、それでもできるだけ道から離れないように進んだ、つもりだったんだが……

いつの間にか、道を見失ったようだ。あまり賢いとは言えないが、このまま ずっと上を目指すか。理屈の上では、山頂に近付けば近付くほど上藤良に近付くはず。

しかし、本当、どうにかなんないのか、この霧は。

先も後も、全く見えない。米のとぎ汁のなかで泳いでいるような気分だ。あるいは、牛乳寒天とか……空気よりもずっと重くて、肺で吸えない、じっとしてると固まってしまいそうな……やめよう。ここは現実、ただの霧。視界不良のときこそ思考はクリアであるべき。心の迷いはそのまま道の迷いに繋がるというものだ。

ただ、そもそも僕の思考もしくは心のほうが先に迷っていた気もする。この行動の無謀さを、取り返しのつかなさを、心のどこかが危惧していたのではなかったか――

――それ見たことか。

そうやって迷っているから、いつの間にやら前も後ろも分からなくなってしまった。

思考が先に死んでしまったような僕は、意志なき亡者のごとく、歩を進め続けた。

無人の山の斜面を、右へ、左へ、上へ、下へ、奥へ、奥へ、奥へと。

ここは現実、ただの霧と、ずっと口の中で念仏のように唱えながら。

……最期、どうなったかは、覚えていない。

BAD END

二〇〇三年五月一一日（日）

ふりだし

路肩に寄せて、エンジンを切る。

来店

ひつじが一匹、ひつじが二匹……

って、何だ？　たった今、何かを耳元で聞いたような……

思わず記憶を掘り起こしそうになったものの、何とか抑え込む。
そもそもこれは、思い出さないための旅なのだから。

「待ってろ」

「あったわ」

「これがこの店……で、十字路を北へ行け」

乙女と毒

「いち、やけっぱち！　に、アリバイ！　さん、エロエロ！　よん、見捨てるよりマシ！　正解者には素敵なプレゼント。不正解者はぶっしゅぶっしゅ殺します」

既視感が、あるなあ。


「……二番、アリバイ工作」

「ぴんぽん！　正解です！」

だよねー。

「だって怪しいと思わなかった？　こんな真夜中にあんな場所で何やってたのって」

「確かに」

「あそこで何かしらヤバいことをしてたのはもう確定として、それを誤魔化すのに好都合な証言者が登場ーみたいな」

「おおう」

「迷い込んだ山中の集落でサイコが襲撃！　あるいはやまんばと遭遇！　夢があるよね！　C級ホラーのお約束だよね～！」

「しかもこのクイズ、不正解時のペナルティが殺人という露骨なネタバレが仕込まれていたしね！」

「はっしまった天然だ～！　恥ずかしい！　こいつはもう口封じに殺すしかないね！」

「正解賞品も殺人とは！」

「エロエロな死と、グログロの性、どっちがいい？」

「どっちもパスで！」

「がーん！」

がーんじゃないと思う、そこは。

うん、やはり、勘違いだろう。酒に酔ってるから判断力が下がってるだけだ。

二〇〇三年五月一二日（月）

夕霧

「今から一晩、ここに入って、鍵をかけて、絶対に、物音ひとつ立てないで……！」

天の岩戸

その時、遠くで、悲鳴が聞こえた。

岐路

ッくそ、なんだ、この記憶は！

二〇〇三年五月一三日（火）

明暗

「……陽明さん、警察は、来ないんだ」

集合

「……生け捕りにしたシシを入れとくような檻だ。悪いが、ここに入っといてもらう」

秘伝

「顔を見ればわかりまーす。そうでーす。休水は、村八分の集落なんですー」

昼食

逃走を検討してみるが、何だろう。既に試したが無駄だったような記憶がある。

この手の経験は既に二度目だ。一度目は人狼に殺され、今度は霧の中で……はっきり覚えてないが、多分、崖から滑り落ちるとかして、死んだんだろう。

いや、本当に二度目、だろうか？　山道からの脱出は何回か試したような気もするぞ。進路がまずかったとか、装備が悪かったとか、とにかく色々試したような……そして最後はいつも、霧に巻かれ、何も分からなくなって、終わった、ような。

くそ、はっきりしないが、確信もある。あの道は無理、外に出るのは無理、だ。

この、得体のしれない「前死んだときの記憶」は、ふだんはわりと不明瞭なのに、急に「まずい」と確信を伴って思い出されたりする。極めてうさんくさく、自分の正気への信頼度は失われる一方なわけだが、それでも確信してしまうものは仕方ない。

よって僕はそれ以上、脱出について考えることをいったんやめることにした。

となれば、目下いちばん気になっていたことを聞くしかない。


「もう聞いちゃうけど、休水のごはん食べさせてくれないのはなんの伏線なの」

千枝実の部屋にてカップ麺を頂きつつ、問うた。

「……気付いた？」

「うん、もう怪しい伏線はとっとと潰しておこうと思って。コワいから」

「あははー参ったなもう。まあ、これはただの保険というか、心のおくすりというか」

「えー、少し詳しく」

「……なんか、あるじゃん。異界のご飯を食べたら豚にされて逃げられない、みたいな」

「千と千尋の神隠し」かよ。豚になるというのは一般的じゃないが、あの世の食物を食べたらこの世に戻ってこられなくなる、という神話や物語は世界的にポピュラーだ。

「えー、ここは地獄かなにか？」

「地獄でないとは断言できないかなぁ」

いくらなんでも考えすぎというか、迷信を受け入れすぎじゃないだろうか。

「ちなみにその態勢はまだ続くの？」

「いちおう食料はそれなりに持ち込んであるから、まだ大丈夫」

カップ麵。もちろん頂けるのはありがたいんだけど、迷信対策でサバイバル生活とは何だかなあ。

が、現状味方といっていい唯一の住人である千枝実の意向であり、ここが安全である（たぶん今、僕があの食堂で皆さんに交じって食事をするのはそこそこリスキー）以上、従うべきだろう。滞在中の飲食は千枝実の厄介になり、料金は後払いということで話がついた。

食事も終了、ごちそうさま。実のところ二食ほど抜いているのでいまだ空腹だが、食費を切り詰めるのは日常茶飯事なので問題なく耐えられる。

落ち着いて考える時間が欲しかったが、千枝実は他の住人の様子が気になるとのことで、一緒に行く運びになった。やはり単独行動は許されない身分だということだろう。

「あら、いらっしゃい。お昼？」

「いーえー、時間を持て余してしまって。座っていいです？」

「ええもちろん。お茶をお出しするわ」

千枝実理論に基づけば、お茶もまずいだろうか。

「すみません、僕はお湯いただけますか？」

「あら、お茶は体にいいのに」

「ええと、お茶を飲むと眠れなくなる体質なんですよね」

「あら……それは仕方ないわねえ。ではお白湯《さゆ》で」

（……お白湯も断ってほしかったなー）

（そうは言うけども、カップ麺作るときにここの水は使ってるわけじゃん）

（あっ）

（気付いてなかったのか！）

（……沸かしたからお湯はセーフ、かな？）

地獄の水は煮沸すると安全なのか？　胡乱《うろん》なことを考えていると、織部かおりさんはすぐに湯気を立てている湯呑み（文字通り）を持ってきてくれた。

「はい、どうぞ……でも本当に災難ね。バイクも壊されて、しかもこんな……ねえ」

「いえ、みなさんに比べれば……でもこんなこと、毎年のようにあるんですか？」

超重要事項を、さりげなく聞いてみた。

「……そんなことはないのよ。私は少なくとも、今回が初めて。昔、霧が出たときに亡くなった人がいるっていうのは聞いてるけど、多くの人は休水にいなかったから……」

それは、村八分になる前って意味だろうか。あまり突っ込んで聞けないな、それだと。

「じゃあ、多くの人にとってはこれが初めてなんですね」

「ええ……そうだと思うわ」

「そうかあ。それにしては、ずいぶんと『やり方』が正確に伝わってるんですね」

「宴」の様子はまだ聞いてないのだが、始まる前、食堂に集まっていた皆さんの様子を見るに、どなたもやることを承知しているように見えた。

「……ここは、こんな所でしょう？　娯楽もなにもないから、小さい子たちはお年寄りのお話を聞いて育つの。古いお話や古い唄は、ずっと伝わって残ってるみたいよ」

「唄？」

「うた……」

おおっと⁉　全然気付かなかったが、席の斜め後ろに忽然《こつぜん》と謎のめー子ちゃんが出現していた。

前は避けられていたが、今、僕が話しかけられたよな？

「うた、おぼえた……」

めー子は僕と、かおりさんの顔を交互に見ながら言う。

「あらすごい、歌って歌って？」

かおりさんが促すと、少女は待ってましたとばかりに口を開いた。

「しーんなーいさーんのー、おーまもーりはー、あーかだーしふーやしーて、でーがらーしとーくよー」

……赤ダシ増やして出がらし溶くよ？　みそ汁の作り方か？　若干おいしくなさそう。

「あはは、ちょっと難しかったかなあ」

千枝実の口ぶりからして、間違えてるんだろう。それはともかく、メロディーに聞き覚えがあった。霧が出たときもめー子は歌っていたが、それ以前にも、どこかで……

その時、食堂の暖簾を分けて、新たな人物が現れた。

「めー子。ここにいたの……あ」

白と黒と赤と紫の少女、回末李花子。めー子の保護者さんが登場というわけだ。

「あら、まあ……すみません、お昼のあとでいろいろ見苦しいところを」

かおりさんの態度が若干、畏《かしこ》まったものになる。回末家は長者だという話だったか。

「いえ。こちらこそ。めー子がお邪魔をしまして」

「いえいえ……こんな時ですから、少しでも楽に、好きなようにくつろいでください」

「ありがとう。ございます。では」

ゴッ、バタン。

……何があった？　一瞬で、回末李花子が伏臥《ふくが》姿勢に変わっている。

「わああ⁉　だっ大丈夫李花子さん⁉」

「あらまあ……怪我はない？」

斬新なくつろぎ方の実践ではなく、どうやら引き戸のレールにつまずいたらしい。

「……ほぉぉおぉぅ……いたい……」

打った鼻を押さえ、涙を目に溜めつつ立ち上がる回末李花子。ミステリアスなイメージは一瞬で崩壊した。などと不躾《ぶしつけ》な視線を注いでいるのに気付かれてしまった。ちょっとムッとした顔。意外と表情は豊かなのかもしれない。

「あの。あまり……見ないで下さい」

「あ、すみません……考えてみたらちゃんとお話しするの初めてですよね」

「……そうかもしれません。あの……申し訳。ありません」

「え、どうして謝りますか」

「巻き込んでしまって」


『逃げて』


「……そう言えば、逃げろって言ってくれましたね」

「夕霧が。上がってくるのが。見えたから。間に合っていれば。よかった。ですのに」

「ああ、そういうことだったんですか。僕はてっきり、予言でもされたのかと」

「回末は。見張《みはり》の家では。ありませんから」

軽く鎌をかけてみたら、何かまた意味深な台詞が返ってきた。

「見張の家、とは」

「……あまり。外の方には」

警戒の眼で睨まれる。しまった、千枝実がオープンなので油断していたが、基本この集落の人々は閉鎖的なのだ。うかつに踏み込むべきじゃない。

「あー、えー、すみません、変わった服を着てらしたので、なにか神職の方なのかなと」

「それは……まあ。似て非なる。でしょうか。そんなに偉い者では。ありません」

「陽明さん、李花子さんあんまり困らせちゃダメだよ」

「ああうん、そのつもりはなかったんだ。申し訳ないです、李花子さん」

「ほぉぅ……い。いきなり。下の名前で」

「ああ……す、すみません……」

千枝実がそう呼んでるからＯＫかと！　まずい。なんか調子が狂うぞ……

「別に。その。いいですけれど」

「いやあ、あの、すみません、ハハハ」

「なーに？　なんかいい雰囲気？」

変に追い込むのはやめていただきたい。

「か。帰ります。めー子は」

「……もうちょっと、いる」

「そう。夕方前には戻ってね。それでは。失礼。いたします」

ゴチャゴチャした雰囲気をなんとか取り繕って、回末李花子、退場。

「ちょっぴり不思議ちゃん入ってるけど、可愛い人だよね」

「そうだね」

「可愛い人だよね」

「そうかな」

「どっち？」

「こっちのセリフですが」

「はー。美人はいいなあ。いくつになっても年齢不詳の美人のまま」

……でっけえ釣り針。

「あえて食いつくけど、え、彼女っていくつなの？」

「三〇過ぎってことはないと思うけど、明らかに陽明さんやわたしよりはお姉さんだよ」

「十分意外なんだけど」

「だよね。ちっちゃいし童顔だし」

……年下だと思って、つい侮った態度など取っていなかっただろうか。気を付けねば。

しかし、じゃあ彼女の職能は何なんだろう。申奈さんを祀った神社が上藤良にあるということだったので、関係者だと思ったんだが。そして「見張の家」とは？

千枝実に尋ねようとしたところで、むくれた少女の声に先を越される。

「……こんにちは」

学生ふたり、織部泰長と巻島春のご来店だ。

「母さん、今いい？」

「あら泰長。春ちゃんもいらっしゃい」

巻島春はかおりさんのあいさつには答えず、まっすぐ僕のほうへ——僕のほうへ？

「ちょっと、あなた」

「はい、あなたのあなたです」

「ッふざけてるの⁉」

正直ふざけていた。咄嗟のふざけた返しとしては中々だと思うんだがどうだろう。

「何だろう、はる……巻島さん」

「今春ちゃんって呼びそうになったでしょ。ほとんど初対面なのに非常識じゃない！」

「お、落ち着くんだ、ヒステリー系ヒロインは人気が出ないぞ」

「つくづくふざけてる……！　あなたにね、言いたいことがあって来たの！」

いきなりこの態度で突っかかってくるのも十分非常識だと思うが、批判があるというなら受けよう。僕は居住まいを正して通告を待った。

「あなたね、千枝ねえにくっつきすぎ！　千枝ねえだって忙しいんだから、あなたはあなたで何かしたらどうなの！」

……千枝ねえが、忙しい？

「そうだったのかー」

「う、う～ん……いや別にそーでも……」

「よしんば千枝ねえがヒマだったとしても！　女性には色々あるんだから、遠慮して適度に距離をとるのが大人でしょ⁉」

「それは確かにそうかもしんない」

「認めるんだったらとっととどっか行きなさいよ！」

「でも困ったなあ、千枝実ちゃんには滞在中お世話になる約束をしてもらってるからなあ。大人は約束守らなきゃならないからなあ。うーん心苦しいけど仕方ないなあ」

「都合のいいときだけ約束とか！　これだから大人ってズルくて汚くて鬱陶しいんだ！」

「そうですワタシが汚いおじさんです」

「きーーー‼」

楽しい。

「春ちゃん、そんなこと言うために付いてきたの」

「兄ちゃんはほっといて！　私はこいつをやっつけるから！」

「フハハハかかってこいアバンギャルダー」

「なんだこのーー‼」

「……あ、母さん、匠にいから伝言で」

「何かしら」

「しばらくは夜早いだろうから、お弁当にしたほうがいいんじゃないかって」

「あら、それはそうだわ……急いでお米炊かなきゃ……」

「あと、房石さん、あなたにこれを」

「ぼんよよよ、え、僕？」

春ちゃんの猛攻をおふざけバリアで跳ね返していたところ、突然話を振られる僕。

泰長くんが差し出したのは、安っぽいシリンダー錠の鍵だ。キーホルダーもなし。

「学生寮の、二〇三号室の鍵です。匠にいが、多恵バアに言って出してもらったそうで」

「え、どうしてそんな」

「今朝は外に寝させて悪かったって、伝えてほしいそうです」

……これはちょっと予想外。

「律儀でよく気が付く人だなあ」

「そうでしょう？　あの人がいるから、こんなところでも何とかやっていけるわ」

「母さん、やっぱり匠にいのこと……」

「あっ、お米お米！」

不自然な笑顔でかおりさんが奥に引っ込む。

「……すみません、お恥ずかしいところを」

「ええとまあ、よそ者には何が何だか分からないので問題ないよ」

白々しく嘘をついた。かおりさんと匠さんがいい感じなのは誰の目にも明らかだろう。

「いえ、春ちゃんもです。春ちゃん、よその人には絡んじゃだめだよ」

「何よ！　兄ちゃんだって迷惑でしょ！」

「……別に」

ごくわずかに泰長くんの声から元気が失われ、ごくわずかに千枝実が目を逸らす。

「……え……と、とにかくあなた！　宴が関係ないならはやく出て行けば!?」

「春ちゃんやめろって！」

「……なんでよ……なんでみんなその人をかばうの？」

「房石さんは被害者なんだ。そんな薄情なことを言うもんじゃない」

「なによ！　兄ちゃんのバカ!!」

「ああもう、何が何だか！」

「めぇー」

僕のことでケンカはやめるんだ！　いたいけな幼児も見ているぞ！

なるほど、狭い人間関係のなかで色々こじれてるらしいことはよく分かった。千枝実さん、聞いてないフリしてんじゃないぞオイ。

それはともかく、千枝実の見立ては確かだったようだ。脱出は危険視され、その推奨は薄情な行為とみなされている。そのうえで、僕には記憶上の確信がある。やはり単純な脱出は難しいのだ。

となると部屋を貰えたのは非常に助かる。今夜の身の振り方を全く考えてなかったが、また野外便所で一晩明かすなど考えたくもない。匠さんには改めて礼を言わないとな。

「まあまあ二人とも落ち着いて。春ちゃーん、千枝ねえと遊ぼうのコーナー」

ここでようやく事態収拾に動くらしい芹沢千枝実氏。

「……遊ぶって、なにを」

「『しんないもうで』」

「いま？　なんでまた」

「めー子ちゃんに正しいやつを見せようかなって」

「めぇ……？」

「……いいけど。千枝ねえって細かいところに結構こだわるよね」

「えへへ、まあね」

何かが始まるようだ。ようやく話の中心から外れた僕は、かっていただいた湯呑みを手に取り、冷めた白湯を一気に空けた。

湯呑みの底には、見慣れない家紋のようなものが釉薬《ゆうやく》で描かれていた。おおむね左右対称、鏡映しの一対の月と、人間の手……または葉っぱかなにかだろうか？

「泰長くん、この紋様って何かな」

「ああ……上藤良の長者の家紋ですよ。そんな食器、捨ててしまえばいいのに」

辛辣な口調。きっとこれは、彼ら親子を放逐した日口家の家紋なんだな、と憶測する。

一方、春ちゃんは椅子を動かして千枝実の前へと置き、千枝実と対面して座った。

「わたしが男役でいいかな？」

「いいよどっちでも」

「じゃーいくよ、いちにっせーのっ」

そうして、それは始まった。

しーんなーいさーんのー、おーまもーりはー
ひーかがーち、ふーましーら、みーがらーす、よーぐもー

二人が始めたのは「茶摘み」や「おちゃらかほい」を彷彿とさせる手合せ遊びだった。リズムに合わせ、合掌、膝を叩く、手合わせといった動作を、鏡合わせに行う遊び。

そして、やはり間違いない。そのメロディーは、めー子が口遊《くちずさ》んだものであり、かつ、昨日の朝、町内放送のスピーカーが流していたのと同じものだ。

ゆーうぎーりたーてばー、うーたげーのしーたくー
いーついーつ、むーじなーも、なーれもーて、はーしるー

かなり進行が速いため分かりづらいが、手運びは複雑だ。指を立てたり、げんこつにした状態で合わせたりしている……そして、今の部分、どこかで聞いたような。

『……〝夕霧立てば。宴の支度〟』
『逃げて』
……あれか。

あーやーし、よーみびーと、けーがらーえりー

不意に、曲調が重苦しく変わる。
動作も一変。両手を組んで顔を隠す春ちゃんと、腰を浮かし相手の肩をつかむ千枝実。

あーやーし、よーみびーと、なーきにーせんー

同じフレーズ。攻守が逆転する。

くーくれーや、ひーとひーにひーいとーり
きーりたーった！

再び元の曲調と手合わせに戻った、と思ったとたんに、唐突に曲が終わってしまった。
同時に二人は勢いよく立ちあがり、

「いえーい」

「久しぶりすぎて焦った……」

どうやらこれで「クリア」らしい。

「どーさ、めー子ちゃん。もともとは、こういう遊びなんだよ？」

「すごーい。はやくて、よくわかんなかった」

「よーし春ちゃん、めー子ちゃんに特訓するよ！」

「なんで⁉　今⁉」

「千枝ねえはこういうの気にするからさ！　さあ泰くんも加わって！」

「……ははは、まあこういう時こそ、緊張をほぐさないといけないかもね」

「そう、それ！　じゃあいっくよー！」

千枝実の意図は分かるような分からないような感じだが、もめかけた二人をまとめてもみくちゃにしてうやむやにしてしまおう、みたいなことだと推測した。となれば僕はいないほうがよさそうだ。

「ちょっと出てきますね」

「はーい、お構いできずにごめんなさい」

一瞬顔を出したかおりさんに挨拶し、僕は食堂を後にした。

相も変わらず視界ゼロ。無人の広場にたたずむ僕は、頭の中で、昼までの状況をまとめようと試みる。

この集落の信仰と、背景事情を知った。あとは住人全体のスタンスも。しかし、今のところ率直に情報交換ができるのは千枝実くらいだ。情報の偏りを検証できない。他の住人との間には、程度の差こそあれ心の壁が見える。泰長くん辺りは話せそうだが、もうちょっと年配の層からも話を聞きたい。

僕が「宴」に出られればもっと色々知れるだろうが、それは危険すぎる展開でもある。

千枝実に聞いた限りでは、「宴」は極めて危険で悪質な因習だ。一日一人選んで私刑にかけ殺す。今日「誰も選ばなかった」、つまり殺人が避けられたことを差し引いても、彼らがそれを効力のある解決手段とみなして準備を進めていること自体、危険かつ害悪だ。折しも集落は怪事件の真っ只中。非常識な状況下で、人間は非常識な決断をしうる。悪習はその下地を十分に整えており、いつなにを暴発させてもおかしくない。

かつて残酷な昔話があったとして、かつて実際に私刑を行った歴史があったとしても、普通はもっと無難な祭りとかに形を変えて現代に伝わっているものだろう。そうなっていないということは結局、「そうしないと対処できない」原因たる超常現象が常在し、残忍な解決法が唯一の解決法であったことを証明している……ということ、なのだろうか？

いや、早計だ。人間は、合理性とともに驚くべき非合理性を兼ね備え得る生き物。実際、この集落の住人たちは、脅威に対する合理的な（かつ冷酷非情な）対策として私刑を選択しているわけではなく、説明は誰もが守旧的かつ迷信的だ。

『かみさまを見たことがあるから、かな』

千枝実でさえ、この話題についてはそんな説明で済ませてしまう。はぐらかされているのであれば、今後より信頼を得て、辛抱強く聞き出していく必要があるだろう。

ただ、もしそうでなければ？「神様を見た」としか説明のできない超常現象が実在し、彼女や住人たちがそれを心の底から畏怖しているとすれば？

馬鹿馬鹿しいとは言い切れない。何せ、僕も現在進行形で超常現象を体験している。

僕は「化け物を見た」し、あまつさえ「殺されもした」。さらに「どうやってもここから逃げられなかった」体験もしている。どれもガチンコの神秘現象だし、それらの記憶を持っていること自体、常識では説明がつかない。ぜんぶ僕の妄想の産物である可能性は常に疑っていきたいが、記憶は今のところ全ての因果について整合性を保っている。すなわち、「これをやったら死ぬ」という記憶に従って「これ」を回避し、生き残れている。

僕の体験する超常現象と「黄泉忌みの宴」関連の超常現象の関連性はまだ見えない。二つのまったく無関係な超常現象が一度に起きているとも考えにくいが、なにぶんこっちは実例に乏しい。はっきりした死んだ記憶は二回……サンプルとしては心もとないし、それゆえ死んでも確実に戻れると安心することもできない。検討するとしたら後にしたい……後ってまだ死ぬ気なのか僕は？　まずいまずい、その思考は避けないと。

こんな現状だから、今は超常現象の類は「全部あるかもしれないし、ないかもしれない」とみなして当たるしかない。

面倒くさい。想定すべき道理《ルール》が減らない。逆に言えば、問題はそれだけ。

考えてみれば、超常現象を認めること自体に問題はない。実際に観測できるなら、神や化け物がいてもいいじゃないか。「科学で証明できないものは存在しない」という主張はうかつだ。まったく新しい理論や技術によって、実在が疑われていたものが見つかったことなど、科学史上いくらでもあったことだ。不思議な生物や幽霊や宇宙人が、感知しづらい方法で隠れているだけで実在する可能性は、もちろんある。

ただ、つまらない現実もある。基本的に、世の中のほとんどの神秘現象には、ウソ、トリック、勘違い、デマなどだったという「オチ」がついている。存在を証明するまでもなく、不在が証明されてしまっているのだ。

霊能者のインチキ破りで有名な奇術師のフーディーニは、亡き母と交霊できる本物の霊能者に会いたい一心で、片っ端から霊能者に会った結果、ただの一人も本物に出会えなかった——神秘は簡単に捏造《ねつぞう》できるし、それを知ってれば見破ることもできるはずだ。

つまり、既知の道理《ルール》で事件を（つまらないトリックだと）解明できる可能性はまだあるし、駄目なら駄目で新しい道理《ルール》を知ればいい。道理無用でなければどうにかなる。そこに至って、僕は平静を取り戻せたわけだ。

思考を戻そう。とにかく、今一番大事なのは、「宴」について理解し、その被害を避けて生き残ることだ。そのためには情報が足りない。さっきは伝承関係の聞き取りに終始したため、今朝の「宴」がどう決着したかもまだ聞けていないのだ。

今のところ、「誰も選ばなかった」ことしか分かっていない状況。つまりまだ、誰も「黄泉忌みの宴」で死んではいないが――

「死んだよ♪」

ぎょっとして、振り返った――誰だ？

ベリーショートに大きなリボン、一見ドレッシーだが安っぽいワンピース、全身えんじ色のカラーコーディネート。くりくりした両眼が無遠慮に、まっすぐに僕を見据える。

初めて見る少女が、そこにいた。

「死んだよ、死んだ、死んだとも。きっとキミも死ぬ。藤良村にようこそ、気の毒なお兄さん」

視線と同じ無遠慮さで言い放つと、スカートのすそを軽やかに翻し、駆け去ってゆく。

「待て、モッチー」

「どおっ。なぜ分かった、うんこマン！」

誰がうんこマンだ。一瞬脳が混乱したものの、明瞭に少年らしくハスキーがかった声には聞き覚えがあった。女の子らしい恰好はしているものの、靴だけはのっぺりした汚いズックのままだ。

あらためて見ると、わりとまんま「女装した少年」である。小柄だし顔立ちは可愛らしいので、美少女に見ようと思えば見えるが、腕も結構太いし、化粧もしてないし、なによりあんまり女の子らしく振る舞う気がなさそう。色々直せばかなりいけそうだが、今は素材の味だけで勝負しすぎ。

「確かに一瞬誰か分からなかったけど、女の子のフリするなら最低限、喋り方と声はもうちょっと工夫したほうがいいな」

「いや、別に変装のつもりじゃないしー」

ちょっと負け惜しみっぽく言う、モッチーこと醸田近望。

「え、普段着だとでも」

「おう。ボクは超ビンボーだからずっと学生服を着てたら、多恵バアが文句たらたら言ってきてね。だから春ちゃんにお下がりをもらったのさ。かわいかろう」

「まあ確かにかわいいが……いちおう性別は男なんだよね君は」

「うむ、ちゃんとついているぞ。連れションのときに確認すればいい」

別に見たくない。

「……言いにくかったらいいんだけど、自分の性別に違和感があったりするの?」

「なんだそれ。ボクは男だ」

「じゃあなんでそんなことを」

「べつに『なんで』なんてない。キキョーのフルマイというやつ。頭がおかしいので普通のひととはうまくやっていけないのだ。ちょっとはガマンするけどねー？　でも、好きなようにやらないとウワーってなってくるから、多少はヘンにするわけだ」

「……つまり、自然体というわけ？」

「そう。寒くなければすっぱだかでも悪くないな」

……なるほど。性別がどうのではなく、全体的に感性が独特な子なのだろう。都会でも、うまい立ち位置が見つからないと生きづらいであろう類の。

「そりゃ、苦労もあったろうね」

「休水はだいたい住みやすいぜ。うんこマンも住むといい。都会は住みにくかろー？」

「いや、断然便利だしな」

「そうかー。てっきり嫌なことがあって飛び出してきたのかとおもった」

「……まあそれは否定しないけどさ」

「うんこマンも頭おかしい人でしょ？」

「全力で否定するけど」

「あれーおかしいな。同類だと思ったのに。ねえ、じっちゃん」

「あー……」

うわっ、茂みに怪老人が！

狼じじい氏は相変わらずの様子だが……モッチーは彼と仲がいいのか？

「ボクは、うんこマンが変態だとおもう」

「あぇー……ぇへぇへぇへ」

「だよね、うんこマンは！」

「うんこ……まん……」

「お願いだからその呼称を広めないでくれ。房石でも陽明でもなんでもいいから」

僕は便所マンであってうんこマンは濡れ衣だ。そもそも便所マンでもない。不潔なレッテル貼りによって世界を単純戯画化し嘲笑しようとする行為の一般化に深い憂慮と遺憾の意を表明する。助けてアバンギャルダー。

祈りが通じたのか、モッチーは新名称を考えてくれた。

「……ハッさん？」

「はぁ～、さん」

中東の人かよ。「とっつぁん」と同アクセントなのも気になるが、春ちゃんとの混同防止のためだろうし……

「……まあ、いいか。それで」

「うんこマンはハッさんになった！」

元からうんこマンじゃない。何度でも訂正するからな。

「……おじいさんとは親しいの？」

「頭おかしい友達だ！」

「えぇへぇへぇへぇひぃひぃひぃ」

確かに爺さん、楽しそうだ。

「ハッさんも仲間になろう。霧が晴れたら上藤良にニワトリ盗みにいこう」

「そんな河童《かっぱ》的な」

というかなぜモッチーにこんなに気に入られているのだろう。好都合だけど。

「ちなみに、今日はなんで他の高校生たちと一緒じゃないの？」

「ん～？　だって春ちゃん怒ってたし。楽しくない気配が全開だったもん」

「彼女は何を怒ってたの」

「ん～」

口癖なのだろう、モッチーはそう曖昧に喉を鳴らし、数秒視線を上天にさまよわせた——かと思うと、また急にまっすぐな視線を振り向けてきて、

「春ちゃんはさー、ヤッスんのことが好きだからさー。千枝ねえが帰ってきて、ヤッスんが嬉しそうなのが気に入らないのだよー」

おっと、ここにきてインサイダーからの聞き違えようのないゴシップ裏付けが突発、ワクドキが押し寄せてくる。鎮まれ我が内なる野次馬《ワイルドホース》。

「……ふむ。そしたらなぜ僕が怒られる」

「ヤッスんが千枝ねえのこと好きなのを、春ちゃんはいちおう応援しちゃってるしー」

うわあ。また微妙な問題の裏が取れてしまった。

「片思いしてる相手の恋を手助けしちゃってるってことか」

「そーそー、だからハッさんが千枝ねえとつじょベタベタしだしたんで、訳わかんなくなってんだよ～」

つまり既存の三角関係に巻き込まれてしまったというわけだ。全力で関わりたくない。

「ちなみに千枝実ちゃんはそういうの気づいてるのかな」

「そりゃそうじゃない？　でも相手にしてないし、脈はないねー。つーわけで、よかったな！　千枝ねえはハッさんのものだ！」

「いやー、どうかなー」

たとえそうだったとしても、人間関係の禍根《かこん》という毒が抜けない状態でまんじゅうを食うのはしんどいぞ。

「ていうか、君はそれでいいのかい」

「……なんで聞くかな」

「いや、短期間の観察ではあるけど、君は奔放なくせに春ちゃんに対してはどこか甲斐甲斐しい感じがして」

指摘してみると、

「んー、あー」

しばらく考えあぐねたあと、思い当たったらしい。

「多分そんなんじゃないなあ。幼なじみとして、危なっかしいから心配してるだけさー」

「意外だなモッチー。危なっかしい奴はからかいまくるキャラかと思った」

「ハッさんだったら死ぬほどおちょくるけど？　ヤッスんには借りがいっぱいあるし、春ちゃんは、かわいそーな子だからなー」

かわいそうな子？　巻島春ちゃんが？　反抗心が態度とファッションに出ている認識しかなかったが、それらは何かしらの苦境によるものか？

「いっぺんに色々聞くのもアレだし、春ちゃんのことは別のときに聞かせてもらおう」

「ハッすでにしゃべりすぎた！　なんの魔術だ、ハッさんめ」

君が勝手にペラペラしゃべっただけだぞ。

「……ところで、さっき『死んだ』って言ってたけど、誰のこと？　記者さん？」

「いやー。休水人はまだ死んでないけど、死んだもどーぜんだろー」

「なんでそう思ったの？」

「さー、なんでとかはボクには分からん。けどなんかねー。匠にいが『へびだ』って言ったとき、やな感じがしたんだ。あーいま、おおかみ様が笑ったなーって」

要は、山勘、当てずっぽう。無責任に言い放つ彼の口調はしかし、どこか確信めいた達観、とでも表すべき気だるさを伴っており、僕の心に強く印象づけられることとなる。

が、それよりも何よりも、聞き捨てならないことを聞いた。

「待て、今何て言った？」

「おおかみ様が笑ったなって」

「その前だ」

「うーんと……匠にいが『へびだ』って言ったとき?」

「匠さんが、『へび』なのか?」

「そう言ってた」

それはまずくないか?

「ちょっと急用ができた。またな、モッチー、おじいさん」

「え〜、まだ遊ぼうよ〜ハッさん〜」

「おおかみがくるぞォ」

「——知ってたのか?」

真顔で問うてみるも、老人は相変わらず呆けた顔で要領を得ない。

くそ、聞かなきゃまずいことは山ほどあるのに、時間も人脈も全然足りない!

耕作

「室さん!」

「……あ？　何だ?」

こっちのセリフだ。なんでこんな時に農作業なんか始めるんだ、この人は。

人づてに居場所を聞き出し、なおかつ濃霧にやられた慣れない道を探し回るのに無暗《むやみ》に時間がかかった。が、そのいら立ちはいったん収めておかないと。

「鍵、ありがとうございます」

「あ、ああ……別にいいが、あんま一人でうろつくなよ。皆ピリピリしてんだから」

「心配すべきは、それだけですか？　昼におおかみが出る可能性はあると思いますか？」

「……千枝実の奴、そんなことまで喋ったのかよ」

「僕が無理に聞きだしたんです。というか話が伝わることはあなたも予想した上で千枝実ちゃんに任せたはずだ」

無言で肩をすくめる匠さん。こういう所で話が通じるのはありがたい。

「それでも情報は断片的で、心配があるんです。できれば話を聞きたいと」

「……あー、実のところな、俺ぁ馬鹿らしいんだよ、こんなことで田の世話ぁ邪魔されんのがよ！千枝実やアンタにゃ分かるかと思ったが、マジになってんのか？」

そう言われると苦しい。僕だって色々なければこんな事態には付き合わない。しかし、

「もう、二人死んでいる」

取りも直さず、その状況は重く見るべきなんだ——と思って言ったのだが、

「何が珍しいんだ」

そう返されて、思わず間の抜けた顔をしてしまう。

「あのな、人間なんざ幾らでも死んでるし、俺は幾らでも片付けてる」

ちょっと待て、どういうことだ。

「上の土砂崩れの現場見たか。ありゃ八年前に能里が手ェ入れたら崩れてそのまんまになってる。

気味悪がって片付けもしやがらねえ。作業員の死体は俺が掘り出して埋めた」

……そんな大ごとだったのか。

「バカな街の奴らが山ン中で首吊って獣に食われることもある。俺やおやっさんが苦労して片付けるハメになる。皿永に死体が流れることも珍しくねえ。渓流釣りだか何だか知らねえが、上流は危ねえっつうのによ！」

言葉にどんどん熱を込める匠さん。これまで向ける対象のなかった怒りが、次々とかまどに投入されているようだった。

「それでもな、誰も何もしてくれねえ！　俺らとしちゃな、無縁ボトケで埋めて、それで終わりにしてきたこった。山っつうのは、獣が出ようが骸《むくろ》が出ようが何でもアリなんだよ、兄ちゃん」

「……でも、今回は村の中で……」

「ああ、何だろうな。ツキノワが人を食うなんざ聞かねえし。もしかして本物のオオカミでも群れで来たかもな」

「あれが、野獣の仕業だと？」

「人間の仕業だっつうのもどうなんだ？　要は、夜に番を立てりゃいい話だろうが！　なぜバカみてえに殺し合う必要がある？」

この人は……ちょっと評価が難しい。

地頭が良いのは間違いなさそうだ。合理的なものの考え方をしているし、未知のものに対して正しく懐疑的な姿勢だ。

しかし、一方で何か奇妙な考え方を合理性よりも優先しているようにも見える。山の掟とか、「休水の道理《ルール》」とか、それに類する、しかしそうじゃない、何だろう、差し詰め……「仲間意識」、だろうか。

この人は「休水を守る」という観点で状況把握と方針立案を行っている。その範囲内で可能な手は尽くすが、「休水の中に敵がいる」という可能性には触れたくないのだろう。彼の中では、現状はありふれた「よそ者の死体が出た」という状況として認識されている——あるいはそう、思い込もうとしている。

それでは、おそらくまずい。しかし、よそ者である僕がそれを言うのは……

「ええと、そう……ですよね、仰る通り、そんな迷信に耳を貸すほうがどうかしてます」

「……」

それはそれで気に入らなさげな表情。一体どうしろと？

実のところ、彼には「へびを明かしたまずさ」に関して問い詰めようと思っていたんだが、聞ける雰囲気ではまったくない。たぶん、ぶん殴られる。仕方ないので、ここでは別のことを聞いておこう。

「ただ、ちょっと気になるんです。おおかみは一晩で一人以上殺すと思いますか？　伝説で『今夜一晩で皆殺しになる』とかなってるなら、心の持ちようが違う」

「……ああ、それはねえな。おおかみが殺すってのは、一晩に一人だけのはずだ」

「そうなんですか？　伝説上、どうしてそうなってるんでしょう」

「ばあちゃん何っつってたかな」

作業の手を止めて思案顔になる匠さん。思考のかなりを感情の整理に使っているように見受けられたが、それでも目当ての証言は想起してくれた。

「『……誰も、山の掟には逆らえん。よもつおおかみ様であっても』、だったか」

「よもつおおかみ？」

「よみがえったおおかみ、って意味だと」

……あれ、おかしいな。その言葉、どこかで聞いたことがあった気がしたんだが……

それはともかく、伝聞とはいえ山脇多恵さんの証言が聞けたのは助かる。イコールこれが一般的認識だってことだ。掟がおおかみにも適用されるというのは僕や千枝実も予想したことだが、やはり理に適っていない。おおかみはよみびとの側であり、山の敵・対極的な存在。掟に従っているとすれば、何か一ひねりした事情があるはず。

さらに、この件にからむ山の掟は「一日一人しか殺してはならない」のはずだ。ゆえに、昼に私刑で一人殺せばそれで打ち止め。夜にそれ以上殺せばルール違反。「けがれ」とかいう罰則に該当してしまうはずだ。掟が根拠ならば、まだ明らかになっていない掟があるということじゃないのか？ともあれ、現状「おおかみも一晩一人を殺す」のが定説になっているなら、いったんそれに従おう。ここで聞けるのはここまでだ。

「変なこと聞いてすみませんでした。大人しく引っ込んでおきます……あ、男手が要るときは言って下さい。勝手に手は出しませんが、居候してる分、役に立ちたいです」

「……ああ、そうだな……」

最後は生返事になってしまったが、とりあえず、匠さんと少しルールに関する話ができただけでもよしとしよう。ここからが本番だ。

伝聞

食堂に戻ると、高校生たちが三人と千枝実、それに織部家の次男・義次くんがいた。めー子は帰ったようだ。

「うんこマン！　じゃない、ハッさん」

「うんこマン⁉　汚い！」

「何それ、モッチー」

「ァんだァ？　うんこマンんん？」

「陽明さん、いつの間にうんこマンにおなりに？」

結局汚名が広がっていく……ともかく、今日の「宴」の展開を聞き出さねばならないわけだが、さっきのモッチー情報をふまえてこの面子《メンツ》を眺めると、やりづらいな。

「悪いけど、ちょっと千枝実ちゃん借りていい？」

「わお、何だろな～」

「だからあなたは……懲りないわね！」

僕としても気は引けるんだが、現状彼女しか話が聞けないんだよ。

「春ちゃん、いいから僕らは母さんを手伝おう」

「兄ちゃんも何か言ってよ！」

「たぶん難しい話なんだよ」

「ボクは皿をたたき割る係！」

「春ちゃん、近望くんを押さえつける係！」

「え、ちょ、何よこれー！」

なんとモッチーとかおりさんの連携で暴走特急巻島春をストップする好プレーを見た。ありがたい。


すぐさま広場に出て、さっきモッチーと話していたあたりに陣取り、早速切り出す。

「匠さんがへびって名乗ったと近望くんから聞いたんだけど」

「ん、そうなんだよね」

「他にへびは？」

「ほか？　いや、へびは一人だし」

頭の中でおさらいをする。山の加護は全４種。

「へび」は他の参加者がおおかみかそうでないかを、神託により授かる。

「さる」は例外的に二人いて、他の「さる」が誰であるかを知っている。

「からす」は私刑にかけた死体がおおかみかそうでないかを、神託により知る。

そして「くも」は、一人の「ひと」に対するおおかみの襲撃を防げるよう、神に頼むことができる――守れるなら全員守れよ、山の神。

とにかく、この数に今のところ矛盾はない。もしへびが二人も三人も名乗り出たら大事だが、それはなくて安心……まではできないか。ともあれ、判断は後回しだ。

「一度最初から最後まで聞いときたいな。今日の宴の流れ、詳しく教えてくれる？」

「いいよ」

というわけで、まあまあ時間をかけて、千枝実は説明してくれた。

最初に多恵さんによる伝承の説明があった。

若者を中心に、不安や疑問が呈された。

匠さんはそもそもおおかみの存在を疑う楽観論、能里清之介さんが悲観論を展開。

巻島寛造さんら長老勢は悲観論に賛同し、不思議なことに場はおおむね悲観論で統一されたらしい。おおかみはいるとみんな暗黙のうちに認め、匠さんはむしろ孤立していた。

悲観論のなかでもよそ者（僕）を問題の根源とみて排除したい派や、慎重に進めたい派など、意見が分裂してまとまらない。その中で特に、泰長くんは状況を整理しつつ、話を進めようとしていたが、埒があかないと見た匠さんが自分の加護がへびだと暴露した。

彼はその場である程度批判を受けた。次善策として、泰長くんが「正体を隠したくもによる守護」と「へびの加護で調べる対象の公開」案を提案、これに誰も反対せず、かつ、それ以上踏み込むのは難しかろうとのことで、処刑対象を選ぶことなく解散した、とのこと。

なるほど、なるほど。

「殺人を避けたのは人として当然の感覚だし、僕もほっとしてたけど、おおかみが実在して宴しか対抗手段がない前提なら、手放しで喜べない展開かもね」

「……そうだね。一日分のロス。そのことも、さっき泰くんと話してた」

「まあ、半信半疑で殺人をするのもどうかと思うし、いったんそれは置こう。ただ、へびの正体が、その場に紛れたおおかみも知るところとなったのは、どうかな……」

「うん、ちょっと、嫌な状況だね」

警察を頼れない現状、おおかみを特定するにはへびによる神託しかない。裏を返せば、へびを失えば、ひとサイドはおおかみに対する決定的な切り札を失うのではないか。

「でも今日は多分大丈夫だよね、くもは匠兄ちゃんを守るようにってなったし」

「そうだね……くもの正体を隠したのも、良い手に思える」

「へびについても、そういう風にできればよかったのかな」

それはあると思う。「へび」公開のリスクはおおかみにバレること、リターンは「くも」で確実に守れることだ。この天秤がどちらに傾くかはちょっと判じ難いが、へびが何かしら情報を摑んだ状態であれば、ひと側から見てへびが確定するリターンはより大きくなったはず。

短気を起こした匠さんが暴発的にそれを実行し、結果それが慎重派との間に禍根を残したっぽいのも気になるところだ。やはり匠さんは、休水を守ること、あるいは自分のやり方を守ることに固執して、判断を誤ったんじゃないか？

「……結果、どうなると思う？」

千枝実の問いは、確信を奥に秘めたものに思われた。

「くもは言われるがままに匠さんを守る。当然おおかみもそれを聞いているんだから、匠さんを殺そうとすればくもが阻むんだろう？　どうやるのかは知らないけど」

「だね。結果、一日分の『殺人権』をロスする」

ゲーム的な語彙。千枝実はある程度、ロジカルに状況をとらえていると思う。

「僕がおおかみなら、匠さんは無視して、別の誰かを殺すね」

特にひねりもない、当たり前の結論。もしへびが隠匿されていれば、おおかみは誰を狙えばいいか分からなかっただろうし、あてずっぽうなおおかみの選択をくもの加護が邪魔できた可能性もあっただろう。しかし現状、おおかみは匠さんを殺せない一方で、他の誰かを確実に殺せる。これも長い目でみたらどちらが良いのか分からないが、匠さんが「誰も死なせたくない」なら、へびを隠したほうが有利だったかもしれない。

「陽明さんもそう思うか……ちなみに狙われるとしたら誰かな」

「そうだな……もし、相手が冷静かつ冷徹なやつなら、殺すことで村人側が大きく動揺するような人物を狙う、なんてのも考えられるんじゃないか。集落の有力者、あるいは、今後のゲーム展開を左右するような優秀なプレイヤー」

「……泰くん。あるいは、寛造じいちゃん」

有り得るな。今回唯一、村人側にとってプラスになると思われる動きをしたのが泰長くんだ。高校生グループのまとめ役のようだし、頭脳明晰という評価は確定でいいだろう。言うならば参謀ポジションか。

一方、泰長くんの意見は、（皆で決める、多数決、という掟を前提としつつも）巻島寛造氏が認めたことで皆の消極的賛同をとりつけた面が大きそうだ。ここのお年寄りは頑迷で話も通じないのかと思ったら、寛造さんは十分に柔軟だ。苦境にあってバランス感覚を保てる指導者は大切である。

参謀と、指導者。どちらにせよ失いたくない人材、ということになる。

ここで僕は、ひとつ千枝実の説明が抜けていることに気づく。

「匠さんが誰を調べるかは決めたの？」

「うん、清之介さん」

「……え、何そのチョイス」

「なにって、本人の希望で。あと、人間関係的に不利な人から優先的に調べて安全を確保してあげよう、っていう」

……それは、どうだろう。おおかみでないことを確定させた人は、今後動きやすくなるはずだ。少なくともおおかみが宴において自分たちに有利なように皆を誘導しようとしている、という疑いを持たれずに済む。となれば、リーダーとして適性のある人物が選ばれるべきだった……ような気もする。いや、能里清之介氏が能力的にどうかというのは未知数だが、少なくとも人望的にリーダーは厳しいというのが僕の見立てだ。やはり、リーダーとして適切なのは貫禄十分な巻島寛造氏——いや、まてよ。

もし、へびの対象がその夜におおかみにやられてしまうなら、へびが無駄になる。へびが調べた人がおおかみに殺されたら、その日に知れる正体は一人。別の人が殺されたら、二人ぶんの正体が知れる。泰長くんと寛造さんの重要性は僕も思いついたくらいだから、おおかみも思いついたはずだ。言ってしまえば、この二人が今夜殺される可能性は高い。となれば、へびを一回無駄にするより、確実に結果を残せる――どうでもいい人から調べる、という選択もあり得るわけだ。

そう考えると、清之介氏を「占う」のはそこまで間違った指針ではないのかもしれない。では今のところ、そこまで下手に動いているわけではないということか……？　いや、もちろん、寛造氏たちがやられることは相当に悪い事態なのだが……。

難しいな。戦略分岐点は多いのに、どうすればベストなのか全然分からない。

「清之介さんが、どうしたの？」

「……評価はいったん置いとこう。ただ、彼がどういうつもりで調査対象に名乗り出たかは、明日の宴でよく見極めてみてほしい」

「っていうと？」

これ以上、先入観を与えるのはよくない。短く示唆するに留めておく。

「彼が君らと同じように真剣なのか、分かったほうがいいからさ」

夜番

色々と、気になることはある。

たとえば、学生たち。三人も無断欠席をしたならば、ゆゆしき事態として対策が打たれるのが普通じゃないだろうか？　もっとも、休水独特の事情を斟酌すれば、理屈を通せなくもない。休水が霧に包まれていることは当然上藤良の人間も把握しているはずだから、無断欠席との因果関係は当然想像されるはず。しかし、警察が役に立たないレベルで村八分が徹底されているとなれば、上藤良の学校組織が事情を知ったうえで沈黙をもって対処とすることにも納得がいく。

ただ、これだと上藤良も含めた村ぐるみで「黄泉忌みの宴」を認識しており、かつ隠蔽しているという形になってしまう。それは流石にことが大きすぎるような……どこまでがアタリで、どこからが間違いだろうな、この想像。

そんなことを僕は、割り当てられた学生寮の二〇三号室の真ん中に座って考えている。

既に日は落ちた。戸には施錠済み。すなわち絶賛「ものいみ」中である。千枝実とは、カップ麺と湯をもらい、「しばらくお隣さんだね」とか浮ついた会話を二、三して別れた。明日また会えるかも分からないというのに。

食事後、早速風呂は浴びさせてもらった。かなり古いガス給湯器だったので使い方が分かるまで時間がかかったが、おかげで生き返った気分だ。電源コンセントも一応あったため、これで携帯電話も充電中。腕時計も持ってないので、大事なんだ。

ちなみに、この部屋には台所がない。ということは他の部屋にもないのだろう。それどころか今日まで見てきて、学生以外の住人も自炊している気配が皆無だ。三食、食堂に依存しているわけだ。文化だけでなく、生活習慣も特殊な集落といえる。果たしてどのような経緯で成立し、このような形で継承されてきたのか。

研究テーマとしては興味深いが、取りも直さず、命の危険があるのはいただけない。

さて、僕は今晩どうするか。

人狼《アレ》が「おおかみ」なのか、それとも申奈さんの神罰執行者である「おおかみ様」なのか、それらが一緒なのか別なのか、未だに分からないことも多いが、「夜に物音ひとつ立てなければ」生き残れることは経験的に証明済みだ――たぶん。おそらく。宴の前日と宴の最中で事情が違わなければ。

そこまで考えたところで思い出した。そういえば、匠さんは夜に番を立てるとか言ってたが、あの人は「ものいみ」や「ゆめまくら」を破る気なのか？　へびが死ぬべきじゃない以上、彼はそんなリスクをとってはならないわけだが、本当に分かってるのか？

くそ、これ、千枝実に頼んで念押ししておいてもらえばよかった。僕がメッセンジャーをするのは悪手だろう。今日みたいに勝手に動けばいずれ信用を失う気もする。しかしやはり、匠さんが突出する危険性は警告したほうがいい気がする。彼が冷静に自重してくれるというのは、ちょっと希望的観測に過ぎる。

千枝実に頼む方が交渉はうまくいきそうだが、時刻は一九時か……トイレでドア揺らされたの何時ぐらいだったかな。彼女が人狼《アレ》に襲われでもしたら悔やんでも悔やみきれない。僕が出よう。運が良ければ死んで戻って――じゃなくて、まだ人狼《アレ》が出てこないかもしれない。

ジャケットをひっかけて、すぐに外に出た。

暗闇、ではない。ぼんやりと青白く濁った大気——月光を霧が乱反射して作る奇観。神秘的とも言えるかもしれないが、どちらかと言えば極度の閉塞感・圧迫感があって神経に悪い。視界は昼に輪をかけて悪いので、手すりを伝って廊下を進み、階段を下りた。

腰を落とし、足元の轍《わだち》をなぞるようにゆっくり進み、食堂方面を目指して坂を下る。全力疾走すれば三〇秒で着きそうだが、じれったくとも徐行しかない。慎重に、警戒を解かずに、足音を立てないように、感覚を研ぎ澄ませて——

——聞こえた。相変わらず何も見えないが、静まり返った集落で、がらがらという引き戸の音と、ざっざっという無遠慮な足音はよく響いた。人狼か？　思わず身構えたが、

「おい、誰だ！」

「うわっ⁉　いたのかよ！」

——思わず応答しそうになるのを、堪《こら》えた。あれ、二人いる？

「……ん？　義か？」

「匠にい？　何やってんだよ、もうものいみの時間だろーがよ」

「そりゃこっちのセリフだ。とっとと部屋に戻ってみそぎして寝ろよ」

交わされる声は、聞き覚えのある男衆の声だった。案の定匠さんは無茶するつもりだったようだが、そこにさらに無謀そうな非行少年が現れるとは。なんて思ってたら、

「俺は今日、寝ねえ」

案の定、無謀のおかわりだ。本当にまずいぞ。僕はこの二人を説得できるだろうか？

「馬鹿なこと言ってんじゃねえ。ここは俺に任せてちゃんと寝ろ」

「自分は寝ねえのに納得すると思うのかよ。匠にいもつまらねえ大人になんなよな」

「……てめえが鍛えてんのは認めるが、それでも腕っぷしは俺の方が上だ、違うか？」

「違わねえな」

「だったら任せろ、俺一人で十分だ」

「そうじゃねえ。匠にい、へびなんだろ。万一があったらどうすんだ？　ああ？」

おや？

「……匠にいが弱えなんて思ってねえよ。ただ、へびになっちまった以上、もっと注意深くなるべきなんじゃねえの。せっかくくもが守ってるってのに」

彼の口から出ているのは、僕が言いたかったこととほぼ一緒だ。今朝は猪突猛進で僕に詰め寄ってきた彼だが、実は思いやりもある——さらには分別もある人物なのか？　認識を改めねばなるまい。ただ、彼も寝てもらわないと困るが……

「……お前も結局、化け物が来ると思ってるのか？　その上で殴ってやるって？」

「知らねえよ。とにかく黙って従ってんのが気に食わねえだけだ」

「それで何かあってみろ、かおりさんがどう思うか」

「……お袋は、何とも思わねえよ。兄貴がいりゃあ、それで十分だ。宴で他にできることもねえし、せめて番くらいやらせろや」

義次くんの声が少しだけ沈む。なるほど、それが君の動機ってわけか。かおりさんに対する義次くんの乱暴な言葉遣いは愛情の裏返しだと思っていたが、もう少し複雑な感情が絡んでいる様子だ。

「そんなことはねぇよ！　お前、そんな捨て鉢で行くのは絶対に許さねぇからな」

「ああ？　許さなきゃどうするってんだ」

「お前が残るなら、俺も残る。お前が寝るなら、俺も寝る」

「はあ!?　意味ねぇだろうが！」

「でも説得力は出ただろ。夜が危ねぇなら俺もお前も寝るべきだ。違うか？」

にわかに落着の気配が出てきたぞ。義次くんは苛立たしげに何度も舌打ちをしたが、

「わぁったよ。寝りゃいいんだろ。ビビッてるなんて思うなよ？　へびがワガママぬかしやがるから仕方なくだ」

グッジョブ。互いによくぞ思いとどまってくれた。

「ああ、何でもいいからとっとと戻れ」

「……能里のボンクラの言うことなんざ気にすんなよ。俺にゃよく分からんけど、匠にいは精一杯やってんじゃねぇの」

「……さあ、どうだろうな」

「じゃあな」

「ああ、おやすみ」

両者が去っていく足音。杞憂ではなかったが、きちんと休水住人側でセーフティーが働いてくれたので取り越し苦労になった。よかった、とも言っていられないか。

義次くんは母や兄に対するコンプレックスを持っているようだし、匠さんも日中の自分の選択を気にしている様子。

当たり前だが、みんな人間だから、外面とは別に複雑な内面を抱えている。あの二人以外だってそうだ。それを部外者である僕が推し図るのは困難だし、黄泉忌みの宴という異常な場において複雑な心情がどんな事態を引き起こすかも想像しづらい。先のことが思いやられるが、今はこの事態をよしとして戻――


一秒後、僕は息を詰まらせ、地面に転がされていた。

すわ人狼か。そう思考が動いたときには、腹の鈍痛と、手のひらを刺す砂利の痛み、首に食い込む襟の痛みで恐慌が始まっていた。

首元を摑まれている。のしかかられている。暗い霧に浮かび上がるのは人間の輪郭《シルエット》。

「何、いい、してやがる」

巻島、寛造――

「言ったな？　従いわねば、殺いす」

近付けられた顔には、鬼のような憤怒が宿っている。

「よそ者が、くそが、どいつもこいつも、勝手を！　エェ！」

押し殺した、しかしドスの利いた悪罵とともに、二度、三度と襟元を強く押し付けられ、背を地面に叩きつけられる——肺から空気がなくなる——全く抵抗できない。その意すら湧かない。殺気と憎悪の滲んだ眼光に、僕は意志から先に殺されていた。
まさか本当に、ここまでやるとは。薄れていく意識の中で僕は自分の選択を後悔し——

気付いたら、僕は解放され、ただ地面に転がっている。


「……部屋戻れェ、馬鹿が。もう一周してくる。次見たら、本当に殺す……」

ふらり、と人影が動き、暗霧の中へと消えてゆく。助かった。そう思った瞬間、僕は呼吸を思い出し、次に気管支の痛みを思い出して激しくせき込んだ。最初に殴られたか蹴られたかした腹も痛む——が、のんびり苦しんでもいられなかった。「もう一周」にどれくらい猶予があるのか知らないが、次は本当に殺されると僕は確信していた。

這《ほ》う這《ほ》うの体で二〇三号室に戻り、施錠して、へなへなと玄関にくずおれた。

起きたことに謎はない。どうやらみんな、日没後すぐにものいみなんてしておらず、わりと粘って起きているのだ。だから寛造さんは見回りをしていた。「もう一周」と言っていたからには、あの二人のように夜じゅう起きているつもりはなく、ものいみ違反者をぶっ飛ばしてから自分もものいみに戻る心算なのだろう。くそ、なおのこと取り越し苦労だ。僕が出なくても、義次くんが言わなくても、暴力老人は問答無用で匠さんを家まで叩き戻したことだろう。

……巻島寛造氏の印象が、また変わった。危難にバランスよく対処できる指導者と評したが、さっきの邂逅《かいこう》にそんな様子は微塵もなかった。

あったのは、怒り、憎しみ、敵意、侮り、傲岸さ、相手を屈服させようとする支配欲、それに、苛立ち。並べてみて違和感に気付く。さっきの彼は、最初の会話や今朝の殺人宣言のときの印象を百倍くらい悪化させ、不機嫌でブーストをかけたような感じだった。千枝実の心配した「厄介な長老」がブチキレたときの姿、と思えばしっくりくる。

こっちのほうが、彼のいつもの姿なのでは？

だとすれば、今日の宴における彼の立ち回りは、なぜそんなに大人しかったのか？

分からない。体の痛みはいつの間にか引いていて、もしかしたら手加減されたのかもしれないが、一方的にやられたことへの反感でムカムカしてきた。もちろん立場をわきまえなかった僕に非はあるが、問答無用にもほどがあるだろ。

どうしてくれようか。もう放っておけばいいような気もする。僕は部外者だ。どうせみんな勝手にうまくやる。「部外者宣言」に神やおおかみも応じてくれると期待して、住人たちがどうなろうが知らんぷりで、黙って、大人しく、宴が過ぎ去るのを待てばいい。

しかし、それは、僕らしいとは言えない。

檻の中で延々と囚《とら》われた思考。自分を曲げること。それで人が犠牲になること。どうやらどちらも、僕には耐えがたいストレスになるようだ。

そして、あのときとは違うこともある。

道理《ルール》はある程度理解した。

筋立《ストーリー》もある程度、知ることができた。

加えてたった今、身に染みて受け止めた。黄泉忌みの宴の参加者たちは、一筋縄ではいかない。僕は彼らをまだ全く知らない。現状の単純で浅薄な憶測では彼らに迫ることはできない。

となれば――いま向き合うべきは、人じゃなく、超常現象のほうだ。

ドアに目をやる。新聞受けの穴が開口している。バネ仕掛けで蓋がされるタイプ。手を差し入れてこじ開け、外を覗いてみた。常夜灯の明かりがあっても霧のせいで視界はほとんどないが、廊下の手すりと、それを越えて侵蝕する木の枝葉くらいは幽《かす》かに見える。

ここから見張ってやろうか。ものいみ違反で殺されるかもしれない。それでも目撃したい。人狼《アレ》か、殺人者か、あるいは神か。

それで死んでは元も子もないという反論は、いま僕の中では鳴りを潜めている。なにせ、時間が経つにつれ、深まっていく一方なのだ。無根拠な確信――どうせまた死んだら振り出しに戻るのだ、という確信が。


いや、落ち着け、冷静になれ。お前は殴られたことで頭に血が上っている。腹も減っているし、檻の中で寝たとはいえ疲労も結構なものだ。つまり、まともな判断を下せる状態じゃない。無根拠な超常現象に頼って突貫するようじゃ匠さんや義次くんを笑えないぞ。

気分を落ち着かせて、考えるだけ考えて、寝るか。

そうと決まれば、まずは布団を――

二〇〇三年五月一四日（水）

暗転

――えっ⁉

驚きとともに、布団から跳ね起きた。記憶が混乱している。さっき僕は布団を敷こうとした、その直後布団から起きた、いや、違う、違うな、これはどうやら。

ふらつきながら、部屋の隅で充電されている携帯電話を拾ってモニタを見た。圏外、充電はフル、時間は……朝の六時。僕の感覚では早朝。しっかりと時間が過ぎている。

昨日の僕は思った以上に疲労困憊《こんぱい》だったようだ。ほとんど寝ぼけながら布団を敷いて、そのまま爆睡、夢ひとつ見ずに目覚めたってことか。こんなこと高校受験前にノリで徹夜した時以来だ（結果、貴重な日曜日の昼がまるまる消し飛んだ）。時間を無駄にしたやるせなさに思わず脱力するが、そうしてばかりもいられない。「宴」の展開が気になる。

洗顔、身支度を済ませた後、千枝実を訪問した――無事だった。よかった。

次に同じ建物内の学生諸君を全員叩き起こした。彼らも全員無事。彼らが身支度するのを待たず、安否確認のため、距離的に近い能里屋敷へと向かった。

「いちおうコレ、持っててくれる？」

千枝実からは抜身の包丁を預かった。おおかみは朝は襲って来ないだろうが、それでも一応警戒して、刃物を持って先行した。問題は僕の腕っぷしがからっきしだということだ。化け物氏登場の際は僕が食われている間に千枝実に逃げてもらうこととしよう。暴力老人登場の際は、千枝実さん助けて。

さて、能里屋敷だ。鉄門の向こうは霧に遮られ、洋館の姿は見えない——が、

「誰かいるのか⁉」

「あ、能里さん、おはようございます。こちら房石と千枝実ちゃんです」

「どこだ——そこか」

こっちから呼ぶ前に門が開き、能里清之介氏の不景気なしかめっ面に拝謁《はいえつ》する。

「やー、どもー」

「屋敷は大丈夫だったみたいですね」

「当然だろう、屋敷には古臭いながらもセキュリティ設備が設けられている。化け物だろうが進入できるとは思えんね」

「そっかー。じゃあみんなで避難させてもらえますー？」

「何故そんなことをせねばならんのかね。これは休水の問題だろう」

「そっかーそうですよね。じゃあ休水の問題解決のためとっとと下に降りてまーす」

「な、待ちたまえ！　一緒に動かないと危険だろう！」

三人で坂を下り、問題なく学生組と合流。その後は一塊になって、食堂への移動だ。

「……慣れた道でも、不気味なもんだね」

泰長くんが感想を述べ、

「だね。霧って不思議だ」

千枝実が受け答え、

「これなら脱いでも怒られない！」

モッチーがボケをかまし、

「……」

春ちゃんが、沈黙し？

「やめろ、馬鹿者」

なんとツッコミを担当したのは清之介氏だった。レアいがそれはいい。春ちゃんの様子がおかしいな。そう思ったのと同時に、突然彼女はがくりと膝を折ってしまう。

「だ、大丈夫、春ちゃん⁉」

「……触らないでっ‼」

かすれた大声に怯んだのは、思わず手を引っ込めた泰長くんだけじゃなかったろう。

「春ちゃん……？」

「あっ……兄ちゃん、違っ……」

はっと表情を変え、罪悪感を滲ませる春ちゃん。しかしその直前の表情は、強い敵意、あるいは嫌悪に染まっていたように、僕には見えた。

「ごめん、だけど……今は、ね……」

「……ん、そうだよね。神経質にもなるよ。足元に気を付けて」

妹分の明らかな奇行をあえて追及せず、うやむやにする泰長くん。大人な対処だといえるが、集団内の不穏な空気は濃くなる一方だ。以降、僕らは歩く速さを落とし、誰の手も取らない春ちゃんが最後尾を歩くかたちとなる。

彼女は何を思っている？　恐怖、ではない？　警戒、なのか？　何ら確信に至ることもなく、幾つか坂を下ったところで広場が見えてきた。

食堂前で、織部かおり、室匠の二名と合流。

「みんな、無事ね？」

「……」

匠さんはちらりと目を合わせただけで、しかめっ面のまま沈黙。かおりさんは、やつれた風情を更に強めたように見える。

「……ご老人方は、朝寝坊かね」

「ばあちゃんは身支度中だ。これから来てねえ連中を回る。清、お前は付いてこい」

「……何故君が私に命令する」

「男手が要るかもしれねーからだ。房石、悪いが、あんたも頼むぜ」

その意を察し、僕は千枝実に包丁を返しながら了承した。おそらく彼は懸念《けねん》しているのだ。当然あるべき男手が不足するケースを。

さあ行こうという矢先、かおりさんが小声で泰長くんに話しかけるのが耳に入った。

「――あのね、泰長、ちょっといい」

「何、母さん」

「義次を探してほしいの。離れにいないようだから……」

嫌な予感。昨日の夜のことが脳裏を過《よぎ》るが、目の前のタスクが優先だ。大人の男三人で、平屋に住んでいる人達を訪問。その間、泰長くんと千枝実、それにモッチーが集落を巡回。この態勢で確認を進めることに決まった。


平屋が立ち並ぶ区画は、昨日檻に連れていかれた時以来だ。黒ずんだ木板で組まれた粗末な家々は、半分以上が雑草に埋もれている。倒壊寸前の廃屋もあり、霧の中、屋台骨を晒しているさまは、横たわる巨獣の亡骸を彷彿とさせた。草の中、かろうじて踏み固められた道と思しき筋をたどる。

「……李花子さんは、ここに住んでいるのだったか」

「ああ、そこン家だ」

「くそ、なんだって彼女がこんな場所に住まねばならん」

「お前が知らねえのに、俺らが知るわけねえだろう？　三車あたりの指図じゃねえのか」

「私が知る限り、彼女が休水に移ったのは自主的とのことだがね。それ以上は謎だ」

「霧が立つんで、魔除けのマジナイでもしに来たんじゃねえか。無駄だったがよ」

「……室匠、彼女相手に口が過ぎるんじゃないかね。回末家のご当主だぞ？」

「知るか。ここは休水だ。あいつ自分で言ってたろうが。宴になりゃあ皆喰われンだよ」

「ちっ……李花子さん、李花子さん！　ご無事ですか!!」

昨日から見ていると、休水住人のうち若年層は長者四家に対して良い思いを抱いていないようだが、どうやら匠さんにもそれは言えるようだ。当然かとも思う。村八分の集落である休水と、そこを公然と踏みつけている長者四家。封建時代ならまだしも現代において良好な関係を築くのは難しかろう。

長者を尊重しているように見えたのは、伝統と掟一切を重んじている山脇多恵さんくらいだろうか。一方で千枝実は、回末李花子さんに対しては匠さんほど敵対的じゃないように見えた。個人的に仲がいいとかだろうか？　あるいは歳か近いことによる親近感？

清之介氏は回末さんのことを呼び続け、ややあって彼女は出てきた。例の不思議な装束できちんと身形《みなり》を整えており、普段と変わりない姿だ。

「……めー子を。連れていきませんと」

そういうわけで、次の平屋に移動。回末さんに大声挙げさせるのもどうか？　かといって、他の二人は世話をする義理もなしという顔。なんとなく空気を読んだ結果、僕が彼女を起こしにかかる。

「めー子ちゃん、朝だよ！」

何度か呼び立てると、寝ぼけ眼《まなこ》の少女が現れた。

「……めぇ」

「めー子。よかった」

「清、この二人、食堂まで連れていってやれ」

「……李花子さん、こちらへ。足元に気を付けて」

「はい……あの」

その声がどうやら僕に向けられたものだったので、僕は「はい？」と応えたのだが、

「お手数を。かけます」

悟った目で言われ、その意を僕は理解する。匠さんがぎりり、と奥歯を噛んだ。

三人は行ってしまい、匠さんと僕が取り残される。

「……いいんですか、清之介さんがいなくて」

「どうせ役に立たねえ。回末の坊主モドキがくたばってたら運ばせようと思ってたがよ」

彼女らが生きていたことで、灰色だった心配は、もはや真っ黒な絶望に変わっていた。

「もう、誰がやられたか分かったから」

「……まだ、狼じじい氏の可能性も」

「適当言うな！　おやっさんが生きてたら、誰より早起きして、とっくに休水を三周くらいはしてるっつうんだ！」

絞り出すような声すら、濃霧に飲まれて、消える。

何度か匠さんは荒く息をつき、僕は返す言葉もなく、待った。

「……すまねえ。奥のが、おやっさんの家だ」

無言で従う。それ以上マシな応答を、思いつかない。

戸に鍵がかかっていなかったことで、既に異常さは十分だった。

戸を開けた瞬間に、異臭が鼻を突く。昨日も体験した、まだ新鮮な死臭——

「……ちくしょう、ちくしょう…………ちくしょう……」

顔を背けて悪態をつき続ける匠さんの代わりに、可能な限りのものをこの目に焼き付ける——そのことに自分の存在意義を見出し、自らの拒否感を抑えつけて、見据えた。

損壊の度合いは、昨日の二人よりもずっと軽微だった。だからこそ、横たわるそれが人間で——知己《ちき》で——昨日まで当たり前に生きていた人物だと、否が応でも思い知る。

認識に問題があるとすれば。

その頭部、顔面にあたる部位が、完全に破壊されていることだ。

単純に、しかし執拗に、強い打撲を繰り返し与えた結果だろう。遺体の首から上は、砕けた頭蓋骨やその白や赤の内容物と混ざり合った、奇妙な扁平《へんぺい》なものに成り果てていた。

それに比してほとんど無傷な胴体が、時代がかった着物で、老人らしからぬ厚い胸板を包んだその体軀が、巻島寛造氏の遺体であることは、誰の目にも明らかなことだろう。

『……部屋戻れェ、馬鹿が。もう一周してくる。次見たら、本当に殺す……』

僕にとって彼の最後の印象は、あまり良いものではなかった。しかし彼にとっては当然の対応だったろう。彼の態度、感情には不可解なものも覚えたが、それを確かめることは永遠にできなくなってしまった。

複雑な気持ちを処理しきれず、遺体の前に立ち尽くしていると、匠さんが歩み寄る気配を感じた。

「片付けるんですか」

「当たり前だろ……」

「少しだけ、時間を下さい」

「どうする気だ」

「できる限りのことを調べます」

事実、いつ出られるか分からない以上、現場保存などといって腐敗してゆく遺体を放置するわけにもいかないのだろう。衛生環境の悪化は即座に健康被害を呼びかねない。それに、こんなむごい遺体を「彼らなりの方法で」早く葬りたいという気持ちを無下にすることもできない。だから、その束縛が薄い部外者の務めとして、できるだけのことをする。

観察を開始。

やはり、昨日の遺体とは、全く違う。全身くまなく損傷した二つの遺体と比べ、こちらは極めて限定的な――集中的なダメージが、頭部に与えられている。凶器は刃物ではないだろう。鈍器だ。表面の皮膚は裂けてはいるものの、細切れになっているわけではない。なのに骨は砕けている。鈍器で頭を集中的に何度も殴打した、というところか。これで「強い怨恨」がどうのと想像するのは避ける。
確定的な事実として言えるのは、殺人者は爪や牙ではなく鈍器によって彼を手にかけたということ。そして、間違えて殴ったとかじゃなく、断固たる殺意をもってこれを行ったのだろうということ。

少なくとも、昨日の死体を作った存在とは別の下手人《げしゅにん》の仕事に見える。一応、昨日のは「けがれ」で今日のはおおかみの「血祭」ということなら話は合う。しかし、前の時に便所の外で見た人狼《アレ》の正体に関する疑問は解消されないままだ……やめておけ。その謎はどうせすぐには解けない。目の前の仏様に向き合うことに集中しろ。

吐き気をこらえつつ、遺体に向き直る。腕まくりをして、損傷部位に手を伸ばす。

「……お、おい、何を!?」

「ないと思いますが、一応調べます」

首切り云々は、死体をすり替えるため。ミステリではカビの生えたトリックだ。たとえば寛造氏が似たような体格の人物を連れてきて殺害し、転がしておけば、この状況なら寛造氏は死人のフリができる。そんな陳腐な手に、現実世界で付き合う義理はない。

「寛造さん、下アゴに銀歯ありましたか？」

「……いや、ねえよ。おやっさんは六〇過ぎで差し歯も何も入れてねえの自慢してたからな……え、おい、あったのか？」

「いえ。誘導を避けるための質問です。健康な歯がびっしりですよ」

「何だよ……」

下アゴは綺麗に残っていた。上アゴは顔上半分ともどもぐじゃぐじゃにやられてしまっているが、それでも特徴的なごま塩頭やひげ、眉の感じからは、彼の顔の面影を感じることができる。巻島寛造氏本人と見て間違いないだろう。であれば、これ以上「傷の付け方」にこだわるのは、現時点では無意味だ。

……手がべちゃべちゃになった。後で流しを借りないと。

その他の状況。遺体は煎餅《せんべい》布団に横たわっている。抵抗した気配はない。寝ていたときに一撃与えて即死。あるいは傷の残らない形で昏倒させるか殺すかして、ここに寝かせ、あらためて頭部を損壊した。程度の異常さはともかく、方法は極めてシンプル。凶器も特別なものである必要はない——外の大岩のカケラでも使って、あとは茂みにでも捨てておけば、少なくとも霧が晴れるまではまず見つけられないだろう。

案の定、ものいみの掟を守って鍵をかけていたにも拘らず、鍵は開きっぱなしになっている。戸にも乱暴に壊して開けたりした形跡はない。故人が自分で開けて招き入れた、抵抗なく殺されているから身内の犯行……ミステリのセオリーならそうなるんだろうが、これは黄泉忌みの宴だ。これが宴における普通の殺し方ならば、またぞろ不思議な力によって無抵抗の死が実現されている、とでも言うのだろうか。嫌になるな。

布団にしろ周りの畳にしろ、むろん血まみれなのだが、それ以上に奇妙なのが水気だ。霧のことを考えても不自然なほど、そこらじゅう水浸しになっている。まるで殺人者が水をぶちまけたように。……足跡は、絶妙にぼやけている。このためか？　消そうとしたにしては徹底してないようにも思えるが。まるで、最初から湿っていた布団や畳に後で血糊の足跡をつけたかのようだ。

ちなみに、足跡の形状は洋靴のそれではない。下駄でもないし、無論、肉球付きの獣の足跡でもない。長い小判型。ぞうりかなにかのように見える。そんなに沢山は足跡は残っておらず、血は大部分、布団に吸われているが、見える範囲でいえば、残っている足跡は一種類しかないように思えた。

「何か分かったのかよ」

「大したことは」

「……だろうな。あんた、別にそっちの専門家じゃねえんだろ？」

「ええ、残念ながら」

僕に分かるのは、下手人が極めて危険な人間だ、ということだけだ。

僕が手を洗う間に匠さんが戸板を外し、続いて二人がかりで寛造さんの遺体を戸板に載せた。その辺にあった手ぬぐいで痛々しい顔面を隠し、運ぶ準備ができたことにする。

「後ろ頼む」

「了解です」

持ち上げる。確かにこれは二人で必要十分な仕事だ。歩調を合わせ、屋外へ。

「……皿永に捨てるんですか」

「ばあちゃんは、そうしろって」

「そうしなければ、けがれると?」

「ああ」

精彩を欠いた声。

「俺の、せいだ」

「どうしてですか」

「俺が、宴でヘマやったから」

へびであると自称したことか。それは、こうして死体が出た上でも評価は難しい。寛造さんが死に、へびの匠さんが生き残ったことは、長い目で見れば正解だったのかもしれない。たらればの仮定で苦しむのは生産的じゃない。そう思ったが、口にはしなかった。結局失敗だったかもしれないのだ。何より、彼自身が「ヘマ」と認識し、悔いている。その認識を僕が否定したところで、彼が納得するとも救われるとも思わない。

「僕にはよく分かりませんが、匠さんはベストを尽くそうとされてるように見えますよ」

言葉を選んで、そう言った。

「だからって、失敗したら何にもならねえ」

「じゃあ取り返さないと、ですね。これからはきっと、あなたが休水をまとめていく」

「……俺には、無理だ」

僕にも無理だ。しょせんよそ者の分際で、彼をすぐに立ち直らせることは。無力感を覚えつつ食堂のほうへ進んでいく。素通りして、そのまま墓所まで行くのだ。

広場では、間に合ったらしい山脇多恵さんが一心に念仏を唱えていた。

その脇で、織部かおりさんが立ちつくす。心ここに在らずといった表情で。

回末李花子は、めー子の目隠しをして、視線を真っ直ぐに、こちらに向けている。

春ちゃんは、寛造氏の孫である巻島春は、苛烈な表情で、移送を見守っていた。

憶測はすべきでない。思いつつも、してしまう。その表情に宿っているのは、堪えきれない悲しみではなく、怒りや憎しみ、嫌悪ではないか。彼女が祖父と仲良く話していた記憶はない。何か軋轢《あつれき》があったとしても不思議はない。ふと昨晩の彼の顔が思い出される。激しい負の表情――そんなものが、祖父と孫でよく似て見える。なんともやるせない話だ。こんな最後のときくらい、もっと別の表情で送ってあげればいいじゃないか。それとも何か、穏やかに見送れない事情が――おおかみであるとか――あるとでもいうのか？

繰り返す。憶測はすべきではない。部外者だから。宴から外されているから。

くそ、なぜ僕は、こんな立ち位置にいる。

こんな立ち位置から、何の真実が見えるというんだ。

……僕の懊悩《おうのう》とは無関係に、この日、事態は急速に悪化していった。

「義くんが、どこにもいない」

墓場への坂道で遭遇した千枝実は、蒼白な表情でそう言った。

義次くんは食堂の裏手の離れでものいみをしていたそうだが、そこはもぬけの殻だったそうだ。

今はやむを得ず手分けをして集落中を探しているが、霧で難航しているのだという。僕らも寛造さんを葬ったらすぐに行くと告げ、匠さんとともに歩幅を大きくした。

　実のところ、墓場は遠くもない。休水は狭いのだ。それでもやたらと遠く感じるのは、霧のせいか、重荷のせいか。

「ひぃひぃひぃ」

　すっかり忘れていたが、健在だったらしい狼じじい氏とはここで遭遇。何が楽しいのか、こちらを見て手を叩いて笑っていた。

　これで、姿が見えないのは織部義次くんただ一人となる。

　おおかみが犠牲にするのは、一人のはずだ。故に彼ではありえない。しかし苦しいことに、僕には強く思い当たる節があり、それは目の前の匠さんも同じはずだった。無言のまま、僕らは今の仕事を済ませるべく足を急がせた。

　結果として、それが彼の早期発見に繋がることになる。

　最短で崖に向かう僕らの進路を塞ぐように、墓所である草っ原に、彼はいた。先行する匠さんが気付けたのは偶然である。

　それほど、彼は雑草に埋もれていた。

　それほど、彼はバラバラになっていた。

　死臭はするが、それ以上に、踏み荒らされた雑草の青臭さと、異様な獣臭さが強い。もしかすると辺りには彼以外の、人ならぬものの血が飛び散っているのかもしれない。

寛造さんとは対照的な、壮絶な格闘を、苦痛を、彼は痕跡として残していた。

「――義、」

震える声で匠さんが拾い上げたのは、

「お前、根性あったよ――」

サッカーボール程の、丸いもの。

一面食いちぎられ、原形をとどめないそれは、死してなお、歯を固く食い縛っていた。手を合わせたのち、僕は匠さんからそれを――義次くんの頭部を受け取った。首の切り口を見る。刃物で切ったとすれば荒々しすぎるが、力任せに引きちぎったようにも見えない、言うならばごく鈍い刃物か、そうでなければ牙や爪で切り裂いたような傷と言えるか。断面には体腹面《ベントラル》から体背面《ドーサル》にかけ気管、食道、脊髄と並んでいるのがかろうじて見える。どれが致命傷だか分かったものじゃない。

向きを変え、口元に指をやった。付着していたものが気になったからだ。そこそこ長い、獣の毛。

彼はきっとあの後、約束を破って外にとどまったのだろう。巻島寛造氏の巡回をかわし、寝ずの番を決行したのだろう。そして、最後まで、噛み付きによって抵抗したんだろう――おそらくは、けがれを与えんと現れた、人狼《アレ》に。

骨噛み

織部義次が死亡したという報せは、すぐに広場の面々に伝えられた。

我が子を失った親の悲しみとは、筆舌に尽くしがたいものだろう。それを考えても、母親たる織部かおりの取り乱し方は、尋常ではなかった。

普段の控えめな声を裏返らせ、半狂乱で現場へと走ろうとする彼女を、数人で押さえ付けないとならなかった。既に彼の遺体は、何人かでそれを確認した後、皿永に放り捨ててしまっていたから。

匠さんは彼の脱色した頭髪をひと房持ち帰っており、それをかおりさんに渡した——彼女はそれを、ためらわず口にした。

号泣し、むせ返りながら、それを咀嚼し飲み込もうとする姿は、ひどく浅ましく、物憂げで、やるせないものがあった。ある意味で、究極的な母性愛を体現する行動なのかもしれない。しかし結局のところ、どんな形であれ、我が子を己の内に取り戻そうとする行為は手遅れで、筋違いで、無駄。僕の目には、そう映る。

「……宴を、しよう」

匠さんは、皆に向かって——その実、かおりさんに向かって、呟くようにそう言った。

「おやっさんと義を殺《や》ったやつを、どうにかしないと」

彼の言葉は大多数の視線を集めたものの、地にうずくまるようにして嗚咽《おえつ》する母と、それに寄りそう年長の息子には、届かない。

その光景を見て、部外者に過ぎない僕でさえも、やるせない思いに囚われるのだ。

義次くん。君はなぜ、匠さんに向けた思慮を、自分と家族に向けられなかった？

君の試みと死は、母親ばかりか、他の生き残った人間を追いつめただけだ。なんの役にも立ちやしなかった。不気味な毛が遺留品として得られた？　そんなもの、誰もが（僕でさえ）最初から危惧していたことに過ぎない。

命の使い道を各員ばらばらに独断し、捨て鉢に突っ走る状況は、最悪に近い。極限状態であるからこそ、命の価値は極めて高い。ゆえに、確信と覚悟と、何よりも合理をもって運用しなければならない。さもなくば待っているのは各個撃破の愚、あるいは総員玉砕の悲劇である。

その考えは図らずも、この日のこれからの展開を暗示するかたちになってしまった。

「……春ちゃんが、どっかいった？」

次なる状況悪化を告げる醸田近望。

どうしてみんな、間違った方向に行動力があるんだ！

捜索隊

「春ちゃーん！」

「巻島春ちゃーーーーーん！」

僕とモッチー、二人で声を枯らしながら休水を回っている。もう一組は千枝実と匠さんだ。霧に潜む危険は当然警戒したが、手分けもやむなしというわけだ。

草むらの中や木陰も、執拗に探る。田んぼに踏み入り、用水路の入り口を——休水の用水路は大部分が埋設してあり、取水口は間違っても人が入り込みそうな広さではなかったが——鍬《くわ》で探りもしたが、見つかる気配はない。

闇雲ではだめだ。頭を使わないと。

「……彼女はどうしたと思う？」

「分からん。自分のじっちゃんが死んで、ショックだったのかも？」

「いや、その前だ。朝から何かおかしかったろ」

「あー、そーかも？」

「彼女、ちょっと潔癖症なところがある？」

「ケッペキ？」

「汚いものとか行為とか、そういうのを嫌う感じ。最初に会ったときからそんな感じはあったかと思うんだけど」

「あー、んー、あるかもねー。休水で一番怖がりなんだよね春ちゃん」

怖がり？

「昔話のけがれとかすごく怖がってたし、ある意味、けがれるのを嫌がってたのかも」

「……なるほど？」

迷信に根差した、不潔、汚濁、侵蝕への恐怖。彼女にとっては「けがれること」が恐怖。ありそうだ。しかし、何がきっかけでそれが悪化した？　夜の間に、何があった？

「だから、春ちゃんがおおかみでも、誰も殺したりできないと思うんだなー」

遠回しな僕の思考を後ろから蹴飛ばすように、彼は核心を口にした。

「……君は、そう考えてるのか？」

「春ちゃんがおおかみかどうかは別として、もしおおかみでも無理だろーって言ってる」

「慎重だな。君らしくもない」

「ボク自身のことじゃないからねー」

「……君とまで腹芸をやりたいわけじゃないんだ。春ちゃんについて何か考えがあるなら言ってくれないか」

「うーん、何を疑ってるのかボクには分からんけど、ボクん中では春ちゃんはヤッスんと同じかそれ以上に大事なもので、それ以外なんにも大事じゃないんだよね」

相変わらず暴力的なまでにまっすぐな視線を、彼は僕に向ける。

「だからとっとと探そうよ」

反論はできず、まともなアイデアも結局出ず、闇雲な探索を再開する。

成果がないまま昼を回ったころ、再度集合した四人のなかで、僕は問うた。

「彼女が山に入り、休水を出ようとした可能性は？」

「……相当考えにくいけど」

「霧の休水は、黄泉の国と繋がってんだってばあちゃんは言ってる。だから出ようとしても、アッチに迷い込むだけだと。そうじゃなくても山は危ねーから、藤良のガキはみんな脅されて育つ。いくらおやっさんの孫だからって普段山にも入らねえ春が、山に入ろうと思うわけがねえよ」

「そーだなー、フツーの春ちゃんだったらなー」

全員から否定的な答えが出るだろうことは想定済みだ。

「仰ることは承知した上で聞きますが、それでもあえて、彼女が村を逃げ出したとした場合、彼女にどんな心境の変化があったと考えられますか？」

皆、黙る。想像もしない事態、思考停止だ……憶測は言いたくないが、仕方ない。

「彼女にとってこの村が、あるいは人が、もはや信頼できる場でないとすれば？」

「……どういうこった」

「深夜あるいは早朝に、彼女は何かを目撃したのかもしれません。あるいは何らかの証拠に気付いたのかも。自分のよく知る人物がおおかみになって、人を平然と殺した。その事実を確信できるような何かに。彼女は若いし、不安定なところもある。休水は狭い社会だから、心の拠り所が失われれば、居場所がないように感じられてもおかしくないし、一念発起して脱出を試みるなんてことも考えられるんじゃないか」

そう続けると、千枝実と匠さんは考え込んだ。

「……説得力、あるなあ」

「しかし……ならどうする。諦めろっつうのか」

これが普通の休水人の発想。

「ボクはけがれてもいいから春ちゃんを探しにいく」

これが、普通でない休水人の発想だ。

「そんなわけで、外出に抵抗感のないよそ者である僕も行きます」

「だからそれ、止めるって言ったよね？」

「ヤバそうだったらすぐ引き返す。それに、大人が子供を見捨てるわけにはいかんでしょ、というやつで」

「ハッさんったら〜〜」

朗らかに笑み、わき腹を突いてくるモッチー。やめなさい、くすぐったい。

「もちろん、彼女がまだ休水にいる可能性はある。引き続き中を探していただけますか」

「……任せてくれ」

「危なかったら、絶対逃げてよ」

その言葉に見送られ、僕らは山道へとつま先を向けた。


「ハッさん、さっき言ってた話さあ」

「ん？　どれ」

歩きながらの会話だ。視界の隅をちくちくと、モッチーの視線が刺してくるのが感じられる。

「春ちゃんが何かを見たから誰も信じなくなって逃げたって話」

「うん、それが？」

「多分、本当じゃないよねー」

「……さあ、あくまで可能性として言ったけど、本当かもしれないとは思ってるよ」

「たとえば僕やヤッスんが、牙とか生やして、うろついてるのを見たとか？」

「まあ、それも可能性だね」

「んー、なんていうか、そうじゃない気がする」

「ただの勘かい」

「そー、ただの勘だけど、それでいえば」

視線をやると、目が合う――彼はずっと、真横を向いて僕を見ながら歩いている。

「黄泉忌みの宴は、そーゆー方法でおおかみを見つけらんないよーにできてる気がする」

「そう。それだ。

夜出歩けないから目撃ができない。一か所に固まって相互監視もできない。警察を呼べないから科学捜査も無理。おまけに全部霧の中で、何が何だか分からないうちにコトが進んでいく。だから、証拠とか目撃とかいった手段では、おおかみを見つけられない――黄泉忌みの宴と山の掟が作り出しているのは、そういう状況だ。状況証拠すら揃わない状況で、プレイヤーは何をもって他人を死刑台に送ればいい？　正体不明の「守護獣の加護」を除けば、物を言うのは屁理屈、扇動、詭弁《きべん》、感情論、コネクション、人望……要は「コミュニケーション力」なんじゃないのか？

確たるものなど何もない、危うい弁論のテーブルで、舌先三寸だけを武器に、疑い合い、傷つけ合い、醜く殺し合う。それが「宴」なんじゃないのか？

僕が人狼を目撃したのが、おそらく唯一にして不可解なる例外なのだ。だからふつう、参加者はどうあがいても「目撃」なんてできないわけだ。その視点において、確かに、巻島春がおおかみを目撃して変節したという筋立《ストーリー》はそもそも成立しない。

「だから、ハッさんは、そんなことあるもんかーって思いながら、千枝ねえや匠にいを納得させるためにあれ、言ったんだろー？」

「……もしや、君こそが探偵タイプなんじゃないの？」

「へ？　いやーそれはヤッスんだな。もしや、奴ぁもう色々分かってるかもしれないぞ」

それはいい。戻ったら彼にも話を聞きたいところだ。

話している間に、休水の出口にして山道への入り口へと到達する。前にも見た、道の両脇の巨岩は、上部を欠いた鳥居のよう。何かしら宗教的な意味があるのだろうか。

「……別に、ここから一歩でも出たらアウトなんて掟はないよね」

「霧の山には絶対入るなー、みたいなことはよく言われるけどねー。はてさて何歩入ったら山かなー？」

覚悟を決めて、僕らは岩をくぐり――すぐに行き詰まる。やはり今回も、土砂崩れにより道が塞がれていた。モッチーによれば、この辺りは岩っぽい地質のわりに崩れやすいらしいので、土砂崩れ自体は珍しくないようだ。霧が立つ前日、つまり五月一一日は深夜にかなりの雨が降っていたから、宴に際して土砂崩れなんて事態も、偶然でないとは言い切れない。この土砂崩れを頑張って迂回したところで山は絶対に抜けられないのだから、わざわざ道をふさぐ必要はないとも言える……

「ハッさん」

駄目だ、やめよう、不毛な憶測は。それよりも、重要なこと。まだ踏み固められていない泥土に、くっきりと革靴の足跡が残っていた。やはり彼女はこちらに来ていた！　足跡は、ためらいなく、背ほどの高さがある崖へと続き、消える。ここをよじ登って山林に分け入ったのか。

「いそぐぞ、ハッさん」

「だな」

全く手入れのされていない鬱蒼《うっそう》とした里山は、地表をシダ類と若木に、頭上を厚い枝葉に覆われ、濃霧を一杯に孕《はら》んでいる。確かにこれは、人間の領域ではないかもしれない。下生えは濃厚で、歩みを進めるのも楽じゃないが、幸か不幸か、真新しいシダの踏み跡や小枝の折り跡が、ごく最近の侵入者の進路を明確に示してもいた。

「こっちだ」

「気を付けなよ。彼女が迷った道でもある」

「春ちゃーーん‼」

「なあ、大声出して大丈夫か？」

なんとなく人狼《アレ》を意識した危惧を口にしてしまうが、

「山のキホン。獣は声で逃げる」

そうやっつけられた。確かに、野獣とかのほうが現実的な脅威だろう。雰囲気に飲まれていないで、実利を取らねば。

「春ちゃーーーん‼」

そう声を上げると、モッチーも応じるように、

「返事してーーーーー‼」

そう呼び掛ける。

僕らは追跡を継続した。痕跡から、彼女がすぐに方向感覚を失い、迷走に入ったことが分かる。道との位置関係を常に確認しながら、慎重に進む僕らも、一歩間違えれば迷いそうだ。見つけられるのか？　見つけられたとして、それは既に、手遅れじゃないのか？

下手をすると今日、三人目の死人が出るのでは。そんな最悪のケースへの懸念に囚われながら、僕は進んだ。一心不乱に進む醸田近望の迷いのなさに、ある意味で救われながら。

その結果。

「ぅう……ぅぅぅう……」

弱々しい泣き声を、耳にしたのだ。

「春ちゃん！」

「……モッチー……ひぐっ、来、来ないで……」

「無事なのか⁉」

「……お願い……追ってこないで……」

その声を聞いて、嫌な妄想が奔放に膨れ上がった。何か忌まわしいことが彼女の身に起きているのではないか。たとえばそれこそ、顔がなくなっているとか――

「待ってて！」

「あ、おい！」

僕と違ってモッチーは躊躇なく動いた。その背はすぐに茂みと霧に埋もれてしまう。

「――ハッさん手をかして！」

「いぎっ……いたい…………いたい、よぉ……」

慌てて追い、すぐ追いつく。足元には、シダ群落に埋もれるように倒れる、巻島春。

「足だねぇ」

「や、やめ、痛いいいい‼」

近寄って見ると……これはひどい。彼女の足に、溢れるような出血がある。革靴を貫通しているのは、根元で折れて尖った若木の幹のようだ。

「踏み抜いたのか……枝を折れるか？」

「むりめ。抜くしかない」

「傷が開くぞ」

「チドメグサとドクダミが生えてる。アレで傷ふさごう」

「……そんなことができるのか？」

「能里は薬つくってた家だかんね」

初耳だが、ここは信じるしかない。口では抵抗するものの、既に体力も気力も萎えかけている春ちゃんを僕が抱え上げ、枝から抜く。苦鳴《くめい》――即座にモッチーが薬草による手当を行い、さらにハンカチを使って止血を行った。

全てにおいて迷いないモッチー。今、間違いなく、彼こそがヒーローだ。その迷いのなさに一抹の不安を覚える僕は、ひがんでいるだけのつまらない大人だろうか？

「……もどろー。ハッさん、担げる？」

「もちろん。先導は頼む。ミイラ取りがミイラだけは勘弁な」

「戻るだけなら余裕ー。ただやっぱり、山を抜けるのは無謀っぽい？」

全面的に同意。春ちゃんを担ぎ、僕らは帰路を急ぐ。

密談

「春ちゃん‼　よかった、無事だったんだ‼」

「あんま無事じゃないぞヤッスん。匠にい、多恵バア呼んで。傷の手当しなきゃ」

「わーった！」

集落に戻ったあと、そんな感じでまたバタバタして、ある程度落ち着いたのは昼をとっくに過ぎてからだった。僕にはできることがなく、おかげでというのも何だが、色々と考えをまとめることができた。

巻島春の逃亡未遂騒動のせいで今はうやむやになっているが、実のところ問題は何も解決していない。おおかみなんているはずがないと豪語した匠さんにとっては、最も信頼する重鎮の惨死という最悪のかたちで反証がつきつけられた。

彼はへびの加護者として、犠牲を無駄にせず頑張るしかない。一方、義次くんのけがれによる死は、無駄死にと判じざるを得ない。宴のルール外での死は、ひとにとって単純なマイナスだ。

おおかみは二匹。一日に一人「くくる」ペースなら、最短で二日で宴は終わることになるが、ことがそう簡単に進むはずはない。誰しも自分がおおかみだとは名乗らない。その状態でピンポイントで二人狙うのは困難だし、なお悪いことに、ひとのフリをして紛れているおおかみが、自分たちに都合のいい処刑を誘導する可能性だってある。

彼らは敵味方を知り、さらに連携が可能だ。詐欺や窃盗なんかもグループ化すると手口は一気に巧妙化する。様々な策略があり得ると考えておくべきだ。

一方で、おおかみは毎夜、確実にひとを減らせる。昨晩殺したんだ、今晩も殺すだろう。くもの加護で邪魔はできるが、今回のように守る対象が公開されてしまえば、その対象が安全になる代わり、確実に他が犠牲になってしまうと考えるべきだ。

分かりやすくするために、「ひと側敗北のカウントダウン」が進んでいると考えればいい。今回、ひと側は一一人で、これが初期カウント値になる。間違った人をくればマイナス一。おおかみが血祭に成功すればマイナス一。基本、カウントは毎日ゼロから二ずつ進むだろう。カウントがなくなる前に、おおかみ二人を殺すべし、というわけだ。きのう処刑を回避したものの、寛造さんと義次くんが死んでしまったので、結局カウントは二減った。おおかみはおそらく二人が健在。残りカウントは九。この数は多いようで少ない。他にもイレギュラーな死が起きれば、あっという間に尽きるだろう。

しかし、そう考えると、不安を煽《あお》って掟違反を誘発するというのは、おおかみ側にとってアリな戦術だな。巻島春だって、もし僕やモッチーが助けに行かなければ、今ごろ普通にカウントを一減らしていたはずだ。彼女や義次くんを、おおかみがそそのかしたんだろうか？　もしそうなら、極めて冷酷で狡猾《こうかつ》、ルールを熟知したうえで手段を選ばずにひとの皆殺しを着実に進めるおおかみ像が見える。

ただでさえ、おおかみは巻島寛造さんという、休水の危機管理に最も重要な人物を黙らせることに成功しているのに、ルールの裏側からも攻められてるとすると……。

ひと側、がんばれ。超がんばれ。という感じだ。

そんな風に考えをまとめたところで、かおりさんがお茶を持ってきてくれたんだが、

「みな、みなさ、ん、おつかれ、さまで、あの」

真っ青な顔色で、舌をもつれさせ、凍えているかのように全身を震わせていた。湯呑みを二度ひっくり返し、一個は粉々に割れてしまった。気丈に振る舞うことにさえ失敗しながら、普段のルーチンを行うことに固執する彼女の姿は、あまりに痛ましい。織部義次の死の影響は案の定、家族であるかおりさんにも悪い形で及んでしまっていた。こんな時にこそ彼女を支えるべき匠さんは、沈《ちん》鬱《うつ》にうつむくばかりだ。

結局その場は、千枝実がかおりさんを無理矢理寝室に寝かせ、そばに付き添うことで収まった。これで落ち着けばいいが、楽観視は到底できない。

ごく短期間の観察の範囲内でだが、普段穏やかなかおりさんは、義次くんにだけは比較的激しい口調で接していた。それはおそらく、彼に対する心配や執着の大きさを裏付けていたのだ。その彼を失った衝撃は僕には分からないし、もう一人の息子である泰長くんが埋められるのかも分からない。なお悪いことに、かおりさんは休水住人たちの胃袋を支える立場だ。食は人間を根底から支える支柱。それが折れてしまうと、栄養不足や食事への不満から、おおかみに有利なイレギュラー展

いくのだ。

開がまた起きないとも限らない。

彼女にも、心配は尽きない。しかし、個々の問題にばかり心を割いてもいられない。今日の時間は刻々と過ぎていく。ひと側の唯一の対抗手段である黄泉忌みの宴の時間は、どんどんなくなっていくのだ。

「今日の宴だが……そろそろ始めるべきではないかね」

食堂で腐っていた面々に対し、ついに清之介氏が、重苦しい口調で提言した。

「……まだ、始められそうな感じじゃねえだろ」

明らかに春ちゃんやかおりさんを意識して、匠さんがぼそぼそと反論する。

「そのまま今日が終わりそうではないかね。おおかみ各位が本気で我々を全滅させる気らしい、この状況で！　これ以上指をくわえて待っていれば、連中の思うつぼとなる。何が何でも、今日はくる者を選ばねばならん」

そう主張する清之介氏の表情は精悍《せいかん》だ。言っていることも正論。

「違うかね、室」

言うならば、そんな態度や行動指針や正しさ、誰も今は求めていないし、一切合切を受け入れたくないのだ。それでも匠さんは、タオルごしに頭をがりがりと搔いて、考える。それが自分の責任だと思っているからだろう。

「……分かったよ。泰、上の連中にまず声かけてみてくれ」

上階には春ちゃんを手当している多恵さんと、かおりさんを看ている千枝実がいる。

「あ、ボク行く」

「いいよモッチー、僕が行った方が」

「いーからさ」

言いながらモッチーは、なぜか、僕に目配せをくれた。

「時間かかるかもよー？」

「……ああ。ぼちぼちでいい。全員出なきゃマズいしな」

これを切っ掛けに、皆、重い腰を上げ始める。

「用意。します」

「よろしくお願いしますぞ、李花子さん」

「めっ、めぇっ、まってっ」

宴が始まれば、僕はまた牢屋行きだろう。動けるチャンスは、今しかないか。

「泰長くん、ちょっといいかい」

「え……何でしょう」

春ちゃんの捜索中に話題に出たから、モッチーは気を遣ってくれたのだろう。彼の根回しにより、僕はようやく、泰長くんから話を聞くチャンスをつかんだ。

「弟さんのこと、残念だったね」

もはや定番の密談場所となった広場の片隅で、僕はそう切り出した。

「……はい、そう言ってもらえて、あいつも少しは救われると思います」

「随分と大人びた言い方をするんだね」

「……あはは、もうちょっと素朴なほうが良かったですかね」

そういったところが既に大人びているというんだ。

「兄弟の仲は、あまり良くなかった？」

「……いえ。最近はすれ違い気味でしたが、本当はあいつ、いい奴ですから」

「それは僕もそう思うよ。心からグレてる子じゃなかったろうし。お母さんとの仲も？」

「ええ、悪い言葉を使ったりもしてましたが義次は母のことが好きでしたし、母も多分、僕よりは義次のことを」

「あー、いや、そんなことを聞きたいんじゃなかったんだ」

「すみません。何を答えましょうか」

「いくつかあるんだけど……まず、おおかみはどうして人を殺すんだと思う？」

「……それは、かつて人間にだまされて殺された恨みで」

「言い直そう。『おおかみ役の人間』はどうしてかつての仲間や家族をためらいなく殺せるんだと思う？」

その問いに、彼は一瞬怪訝《けげん》な顔をしたが、

「……ああ、え……あの、もしかして、僕や春ちゃんを疑って」

「いやええと、ごめんそうじゃない。僕は、超常現象をただちには否定しないけど、いま現在起きていることが、『おおかみが人に化けて殺しをしている』とは思ってない」

「……というと」

「これが殺人事件だって可能性を、僕はおもに考えてる」

「そんな――」

「君も、おかしいと思ってるだろ。『けがれ』というめちゃめちゃな殺し方がある一方で、寛造さんの現場は明らかに違った。凄まじい殺し方ではあったけど、足跡もあった。凶器もまあ、岩かなんかだろうと想像できる。少なくとも、あれをやった奴らは、牙やかぎ爪をもった奴らじゃないんだ」

「でも、伝説じゃあ」

「うん、うん、伝説は否定しない。でも、伝説に真意がないとも限らない」

「真意……？」

「たとえば、伝説はなにかを象徴しているとも考えられる。夕霧が立つ。何かが起きる。その何かによって、休水の住人たちのうち何人かが、けだものじみた殺人衝動に目覚めるんだ。これを『人身狼面の神に殺されて顔を奪われた』と表現している、としたら、伝説を否定してはいないだろう？」

「……なる、ほど。確かに……」

「その何かは、超常現象かもしれない。しかし、もしかしたら、超常現象なんて持ち出さなくても説明がつくことかもしれない。僕が知りたいのはそこさ」

「説明が、つきますか？」

「僕は『トリックで実現できる不思議な事象は全てトリックによって発生している』と思ってい

てね」

「……」

「基本的に、世の中で不思議とされている現象には、必ず隙がある。宗教指導者が奇跡を実演するのが必ず特定の舞台の上だとか、念写の手紙は必ず密閉された箱に入れるとかね。これって実はマジシャンの手口の特徴なんだ。彼らは『虚空から鳩を出す』ことはできないが、代わりにほんのちょっとした物陰や隙間があればいくらでも鳩を出せる。今回の事件にも、そういう隙がちらほら見える気がしてる。だから、それを追えるだけ追ってみたいってわけ」

「……つまり、詳しくは分からないけど、ひとをおおかみに変えてしまう科学的な方法があるような気がする、ってことですね」

「イエス。理解が速くて助かる。反論は？」

「しないです」

「お」

「……本当は、ちょっとだけ反感はありますけどね。よその人に何が分かるかって。でもあなたの言い分は正しいと思いますから」

素晴らしい。理屈を解して話に付き合ってくれる。これこそ彼に期待したことだ！

「というわけで、その方法について、忌憚《きたん》ないアイデアを聞かせてほしい」

「ちなみこの場合『おおかみ』ってどう定義するんですか？」

「定義ときたか……うーん、何かの掟に従って、仲間の隣人を殺す人たち、かな」

「掟に従うんですか？　おおかみが？」

「うん。これはほぼ自明。皆さんおおかみが一日に一人しか殺さないつもりでいるだろ？　伝承にある通りなら、おおかみはそんなのに付き合う必要ない。即座によみびとを皆殺しにすればいい話だ」

「それは……なにか、黄泉の神が一日一人ぶんイケニエを要求してるとか……」

「おー、なるほど。そういう事情がある可能性は否定しない。ただ、全然伝承に語られてない事情があることになるね？　僕はそれより、現状語られてる情報を拡大解釈するほうが自然な気がする。まあそれはいいや、定義は『仲間であるはずの隣人を殺す』だけにしよう。そんなおおかみを作り出す方法が、あるかな」

「それは……あるんじゃないですか？」

「ほう」

「脅せばいいじゃないですか。掟って要は、けがれを受けたくなければ守れ、っていう脅しでしょ？　それと同じで、殺さなきゃ殺すとか、大事な人を殺すとか……」

「なるほど、なるほど。極めて妥当な論だ。ただこの場合、天秤の片方に載せるのは『大事な人の命』なわけだね。おおかみは基本、集落のほとんどの人の命を奪ってしまう。もう片方にも『大事な人の命』を載せられない。必然、『自分の命』しかない」

「それはどうかな。『一番大事な人の命』と『他の大事な人の命』もあり得ますよ」

一瞬なんのことか分からなかったが、

「え、それ、『一番大事な人』がもう一人のおおかみってこと？　おおかみ同士は殺し合わなくていいから、互いのために他を殺すって？」

「はい。伝説だと、おおかみは親子らしいですから」

初耳だ。ただそれより、彼が言ったような可能性は想定してなかった。というか、考慮する価値はあるのか？

「……その論法だと、人間関係によっておおかみが特定できることになるね。あるおおかみと最も親しい人がおおかみ。一蓮托生《いちれんたくしょう》。たとえば、織部かおりさんは息子が一番大事なんだろうから、義次くんが亡くなった今、かおりさんも、君も、おおかみじゃないってことになる」

あくまで反例を挙げただけのつもりだったが、

「違いますよ。義次は死んだけどひととして死んだわけじゃない。そんなことあるわけないですが、ええ、房石さんが好きそうな言い方をすれば、あいつがおおかみの可能性だって残ってますよ。ただ、あいつはひとでしょうし、母だってひとでしょう。僕は外れるんじゃないですかね。母は僕より義次のほうを目にかけてましたから。房石さん、この例やめませんか。ちょっと、あんまり、気が乗らないんです」

少々、面喰らう。ここへきて、口ごもりがちだった彼の舌はとたんに滑らかになった。表情は平静か、冷徹。最後に添えた笑顔も少々空寒い感じがする。真意は分からないが、退いたほうがよさそうだ。

「失礼、不適切だったね。でも、言っていておかしいと思わなかったかい？　そんな仕掛けで黄泉忌みの宴は成立するかな？」

「……」

「その説だと、おおかみには最初から相思相愛、互いに一番大事だと思う二人しか選ばれないことになる。親子、恋人、夫婦、そんな感じだろう。そうでない人、たとえば狼じじい氏はどうだ？　彼には家族がいない。モッチーとは仲がいいみたいだが、一蓮托生の人質になれるほどじゃないと思うし、モッチーは絶対君や春ちゃんのほうが好きだ。そもそも人間関係ってそんなに単純じゃない。多くの人は親しい人が複数いて、好き嫌いに順列を付けられなかったり、相思相愛状態じゃなかったりもする。そんな中でおおかみが決まるだろうか？　決まったとして、そんな単純な人間関係でおおかみを探れるほど、黄泉忌みの宴は甘いものかな？」

「……確かに、それは。じゃあ房石さんは、『大事な人』は人質にとれないって言いたいんですね？」

「そうなるね。となると、天秤のもう片方に載せる脅しの材料は『自分の命』だけになるが、僕はこれも疑問に思う。休水の人たちはそんなに利己的じゃない。多くの人は自分の命が一番大事だから、殺すと脅せば動かせるかもしれない。でも、休水の人は休水を守るとか、仲間を守るとか、そういった利他的な心が強いように思うんだ。正直、殺すと脅したところで、他の大事な人を殺せる人がどれだけいるか、疑問だね」

「……はい、それは僕もそう思います。となると『脅し』は検討から外れますね」

掟はあっても、それ自体が人を凶行に駆り立てているわけではない。他に何かがあるのだ。潔く持論を放棄した泰長くんは少し考え込んだが、ややあってかぶりを振った。

「……ちょっと、見当がつかないですね」

そうか、難しいか。

「何かあるかと思ったんだ。この集落の人たちは霧を異様に怖がるし、山の掟を非合理的なレベルで絶対視している。だから、伝説がらみの何か特定のキーワードとかロジックで、一線を越えさせることができるんじゃないかってね。あ、念のため、見下してはいないよ。たぶんどこにでも、誰にでもある話なんだ。ここではどうか、知りたいだけ」

眉をしかめて黙る泰長くんは、反感を堪えているのか、それとも考えているのか。

「ただ、考えすぎかとも思ってるよ。休水の人たちは少し迷信的だけど、人間味のあるいい人達だ。それに山の掟だって絶対じゃない。特にモッチーなんかを見てると思う。大事な人を守るためには、けがれやおおかみに立ち向かうことだってできるわけだ」

フォローのつもりでそう言ったんだが、

「……それは、モッチーが特別なんですよ。あいつ、天才だから」

妙なかたちで、反論された。

「天才？」

「ええ。普通の奴にできない予想や決断を平然とやってのけますし、本当に大事なモノ以外は全部捨てられるんです。他の人はあいつがおかしいんだって言いますけど、僕はあいつのこと天才だと思ってます」

「……なるほど。とすると、彼以外の休水の人たちを動かす『何か』ならありうる？」

「どうでしょうね……ただ、ひとつ思いついたことがあります。学校の先生の受け売りですけど、思想を与えればいいんじゃないですか？」

「ふむ？」

「要は、自分たちのしていることが正しいと思えればいいんじゃないかって」

「おおかみの行為が正しいと？　プロパガンダ、教導、洗脳……成る程、それはありそうだ。市民に戦争をさせる常套手段だね。おおかみたちは今、仲間を殺すことが正しいことだと思い込んでいるわけだ。何だろう、殺せば救われるとか——」

「房石さんの考え、ちょっと偏りすぎじゃないですか」

ほう。

「たとえば、この集落の女の人はだいたい奥ゆかしいし、決断は男任せのことが多いです。春ちゃんでさえそんなです。だから、おおかみが男女の二人で、男が主導して殺し、女は完全に言いなり、ってパターンもありえます。それにそもそも、今回たまたま迷いのない殺人があっただけで、いつもは多少の仲間割れはあったかもしれない。忘れてるかもしれませんが、僕や大部分の人にとっては、これが初めての宴なんです。房石さんだってそうでしょ？　ということは、今回が例外だらけの宴かも分からない。房石さんには何か考えがあって、結論ありきで話してるのかもしれませんけど、今回のことだけ、昨日今日の事件だけ見て結論ありきは、どうなんでしょうか？」

雄弁に、しかし冷静に、彼はそう反論する。

「……そうだね。たしかに僕は、今回の例だけ見て、今起きてるのは殺人事件だとかいった結論を組み立ててしまっていたかもしれない。一応、黄泉忌みの宴が大昔から廃れずに残ってるってことは、同じような現象を安定して起こせる仕組みがありそうだって気がしているけどね。これも想像でしかない。よし、この話はやめよう」

「いいんですか？」

「ああ。しかし、さっきから僕は超常現象は存在しないスタンスでものを言ってきたけど、君自身はどう？　不思議なことは、起きてると思う？」

これは純粋に、聞いてみたかっただけだ。

「……考えたくないんですけど、起きてると思います」

「それはどうして？　神様や化け物を見たことがあるとか？」

「それは……いや、」

泰長くんは少々長めに言い淀む。この辺りは千枝実の態度と少し重なって見えたが、ややあって彼は別の論点を見つけ出して口を開く。

「言い辛いんですけど、こんな辺鄙なところに、部外者が四人もいるタイミングで霧が出たところから、大きな意志みたいなものを感じますよね」

「……」

確かに。事件と珍客が重なりすぎているのは作為的ではあるが、そこに自然現象が絡んでくるとなると、「人為」ではなく「神為」なんてもののせいにもしたくなる。

「どう考えても、人工的にこんな霧を作り出せるなんて思えない。ものいみの家に平然と入って人を殺せるのだって、普通に考えたら奇妙ですし。それに……実際に僕らのうちの誰かが人を殺してるなら、かならず何か証拠を残すはず。その辺が説明がつかない以上、不思議だって思います」

「……そっか。なるほどね」

「それとも、こういうのにも『トリックで起こせることは』って思いますか？」

「ん～、どうかな……」

ケースバイケースだ。霧とか、前に死んだ記憶とかは現状手詰まりだが……それ以外は、どうかな。説明が面倒だから、お茶を濁そうと話題を変える。

「ちなみに君は誰がおおかみだと思う？」

「房石陽明さん」

おっと。指名された……のではなく、強めの口調で遮られたようだ。

「それは『宴』ですべき話ですよ。あなたにはそれを聞く資格はないはずでしょう」

「ああごめん、ちょっと出すぎで──」

「いやあの、ちゃんと聞いて下さい！　僕らは宴で、意見の出し合いで一人生贄《いけにえ》を選ばなきゃならないんです。そうしないとおおかみに負ける。だから僕らは、危険を冒して、誰が怪しいって口にしてるんです。これがどれだけ危ないか、分かりませんか⁉」

ここまでうっすらとにじみ出ていたいら立ちや反感が閾値を超えた、とでも言おうか。

感情を露わにして僕を非難する泰長くんは、そこでいったん言葉を切り、息をついた。

「……誰が怪しいと思ってるか。その言葉ひとつを、後で怪しまれて、くくられるかもしれないんです。寛造さんも言ってました、宴の外では宴の話をしちゃだめだって。それはきっと、変な噂でも流れたらそれだけで命が危ないからです。そんな状況で、あなたがこうやってこそこそ聞いて回るっていうのが、どれだけ危険か分かるでしょう？」

「……」

「不和を煽って宴を乱そうとするのは、きっとおおかみの仕業。さっきみたいなことを聞かれたら、おおかみが悪意をもって房石さんを操ってるって思っちゃいます。勘弁してくださいよ」

最終的に苦笑を添えて、泰長くんはクールダウンしてくれた。

「……ごもっともだ。心から謝るよ」

これは僕も殊勝に謝っておくしかない。密談の危険性は、理解しておくべきだな。

「いえ、いいんです。ただ……僕はあなたのことを盲目的に不吉だとかは思ってませんけど、今は誰だって攻撃対象が欲しいんですから、注意したほうがいいですよ」

しかしそう聞いて、僕はもうひとつ欲しがってしまう。

「君も、攻撃対象が欲しいの？」

「……そうですね、たとえば、もし、仮に、」

刃物を取り扱うように、慎重に、彼は口にする。

「義次に変なことを吹き込んで、掟破りをさせた奴がいたとしたら……」

「どうする？」

あえて両手を開き、煽るように聞くと、

「僕は兄として、仇《かたき》を討たなきゃならない」

静かに、冷徹に、彼はそう言い放った。

「そうか……それについて、僕は何も言えないな」

「はい、それでいいかと」

「色々知りたがるのは悪い癖みたいだ。口が滑って疑われるのは望みじゃない。疑われないように、今日も檻に入れてもらうのがいいかな」

「……いえ、それはやめたほうがいいです」

「どうして」

「今日は開始が遅いし、長引くかもしれない。時間切れになるかも。だから早めに寮の部屋に入って、外からつっかい棒をしてもらうのがいいと思います」

「お、おう？」

中々物騒な提案だが、問題点をうまく解決する名案だ。僕にとっても楽だし。この子はやはり頭の回転が速いな。参謀タイプという評価は適当そうだ。現場で人を動かす監督タイプが匠さんだと考えると、休水にはブレーンが割とバランスよく集まっているようにも思われる。うまく連携できればいいんだろうが……。

「僕からもひとつだけ、質問、いいですか？」

「ああ、もちろん」

「千枝ねえのこと、好きなんですか？」

おっと、これは想定外の質問。どう返すべきだ？　別に後ろ暗いところはないが、モッチーのせいで余計な前知識がある。配慮すべきか？　面倒くさい、もう率直でいいや。

「そうだね。好感は持ってるね」

「……そう、ですか」

「今は状況が状況だから自重してるけど、言えば付き合ってくれるかもしれないとも思ってる。ただオープンな彼女のことだ、他の誰でもチャンスはありそうだけどね」

「……やだな、何か気を回してるでしょう？　モッチーが何か吹き込んだんじゃないかと思ってたんです」

バレてやがる。さすがコンビってところか。

「僕が千枝ねえに憧れてたのは昔の話です。近所でたった一人の、年上のお姉さんに憧れてた。それだけですよ。じめじめ、ガチガチな場所で、千枝ねえは自由奔放だったから……モッチーと同じくらい、スゴい人です」

「昔はヤンチャだったって？」

「ええ。まあ、人を殺しかけたりとか」

ちょっと待って。なにそれ。

「ま、事故でですけどね。ただ『オープン』ってちょっと意外です。千枝ねえは結構、人見知りですよ」

「そうかなあ」

「……あるいは、大学の三年間で、だいぶ変わっちゃったのかもしれないですけどね。とにかく、だから、僕はもういいんです」

「何だか、君の方が変に気を回してないか？　あんまり健全じゃないぞ、そういうのは。別に彼女が好きならそれでもいいのに」

「……今はどうしたって、そんな気分にはなれないですね」

「ごもっとも」

話題は尽きた。さて、得られた感触をどう評価すべきか。

軟禁

その後しばらくすると、春ちゃんやかおりさんも動けそうだ、となった。彼女らをそっとしておく選択肢はないらしい——こればかりはしかたないか。欠席裁判で命をなくすのは多少の無理を強いてでも避けたい事態だろうから。僕はさっき言われたとおり、自室への軟禁を申し出た。匠さんや多恵さんを含めて理解を得られたため、僕は泰長くんと千枝実に付き添われ、寮へと移動した。

「千枝ねえ、窓から枝に跳べる？」

「……こりゃ無理でしょー。飛び降りたとしても戻れないし」

念入りに軟禁の有効性を確かめる、知将・織部泰長と、にわか殺人未遂容疑者・芹沢千枝実。なかなかスリリングだ。命だけは助けてくれ。

「そんなわけで、閉じ込めちゃうよ。間に合ったら開きにくるけど、最悪、明日の朝までこのままだから」

「分かった。仕方ないさ」

待つだけの身、これからろくでもない宴に赴く皆さんと比べれば気楽なものだ。

「……かなりきついだろうけど、無事な進行を祈ってるよ」

「どーも。……悪いね、こんな腐った村を心配してもらっちゃって」

「僕は君を心配してるんだけどね」

「ワーオ、嬉しい。じゃあ千枝実さん頑張ってきますわ」

「……いいですか、それじゃ閉めますね」

「ああ。君も気を付けてな、泰長くん。お母さんにはもう君しかいないんだから」

「お気遣いの言葉ありがとうございます。では」

存外冷静に返され、戸が閉じられた。その後ごそごそとつっかい棒がなされる気配。

さて、一人になったからには、考えをまとめておこう。これまでサシで話せたのは、千枝実に匠さん、モッチー、泰長くんの四人。まだサシで話せてないのは、山脇多恵、回末李花子、めー子、織部かおり、巻島春、能里清之介、狼じじい……今後チャンスがあるかは不明だが、なんとか話して人となりを摑み、状況への理解をより深めたいところだ。

前日に二人、宴で二人。既に四人死んでいて、残りは僕を除けば一一人。このうち、ひとが九人、おおかみが二人。今日、清之介氏の正体が「へび」により明かされれば、彼と「へび」である匠さんを除いて、容疑者は九人。一人殺せば容疑者は八人、夜に一人死ねば明日には七人。やはり、多

千枝実の声が！　固定されたはずのドアの少しだけ開かれた隙間から‼

「うわっ何だ」

「おコンニチワ」

いようで少ない——

「忘れてたけど、今日のごはん、あとで渡せないかもだから、最悪これで凌いで」

ぽいっと放り込まれたのは、誰でも知ってる黄色い箱の固形フードだ。

「……毎日毎日、本当にありがとう」

「気にしないで」

「お礼に、といっては何だけど」

「お、何だろう」

「さるの加護者は、二人とも名乗り出させたほうがいい」

聞いた千枝実は、数秒ポカンとしたのち、

「……な、なんで？」

「考えれば分かるはずだ。手を打たなければ先がないことも」

泰長くんの忠告を守り、介入は控える——この程度にとどめよう。

「千枝ねえ、何やってるの」

「時間がない。行って」

「う、うん、分かった……」

戸が閉じられ、再びつっかい棒がなされる。僕はやれやれと腰を下ろした。

そろそろ奮起しないと危ないぞ、人間諸君。

黄泉忌みの宴　二日目

昼下がり。一一人の生存者たちは再び集会堂に参集し、黄泉忌みの宴を開始した。

「春ちゃーん、大丈夫？　傷のほう」

「……平気、だけど」

「いま聞くのもどうかと思うけど、一体何があったの」

「……知らない。もう始まるわよ」

山脇多恵ににらまれる前に、学生たちはひそひそ話を自主的に切り上げる。

「……全員に盃が回った。『黄泉忌みの宴』の始まりよ」

宣言する山脇多恵の声は、昨日のそれと比しても弱々しく響く。彼女の隣にはもう巻島寛造はいない。昨日、自分たちは動かなかった。おおかみは動いた。長老のひとりが殺された。罪悪感はまさに濃霧のごとく、じっとりとこの場に立ち込めていた。

「早速だけど……匠にい、昨日、へびの加護の効果ってのはあったの？」

「……ああ、あった」

居心地の悪い沈黙を早々に断ち切ったのは、織部泰長だった。

「え！　どうだった⁉」

食いつく千枝実に、

「清は、ひとだった」

極めて順当な回答を、室匠は告げる。能里清之介は厳かに咳ばらいをひとつすると、

「当然、私はおおかみではない……これで室と私、二人が容疑から外れたわけだね？」

「そういうことになりますね」

「では早速、決めねばならんことをまとめよう。昨晩気の毒なことになった巻島寛造氏の方針を続けるなら――」

「あっれー、なんでおっちゃんが仕切んの」

「……別に、年長者ということで山脇さんが進めるのでも構わんがね」

「あたしはそんなん、苦手じゃが」

「であれば、おおかみではない私か室が仕切るのが自然ではないかね」

「匠にいー、おっちゃんうっとーしーから匠にいが仕切ってよ」

「……いや、清、頼む」

「ご老人が亡くなられたショックもあろう。無理はする必要ない。こちらでできる限りのことはやらせて頂く。室は織部夫人を気遣って差し上げろ」

「……あの子は……あの子が、うっ……」

「……かおりさん……」

方針に異議を唱えられる雰囲気ではなかったが、反感の煙は早速くすぶり始めていた。

「さて、早速提案だがね。今日は必ず、一人選んでくることとしないか」

「ちょっと！　それは乱暴じゃないです⁉」

「……いや、やっぱりそれは必要だよ千枝ねえ。そうでないと何日か後、確実におおかみは最後の一人を殺しきる」

「そういうことだ。すでにおおかみは手を進めていることを忘れたもうな。宴には非情さも必要となる。間違っていませんな、山脇さん」

「……そうですねえ。よみびとは、何としてもくくらねばならんです」

「くーくれーや、ひーとひーに、」

対策が必要なのはもはや自明だった。にも拘らず、千枝実は気色ばんだ。

「間違えたらどうすんの⁉　わたしたち全員、人殺しの事実を一生背負うんだよ⁉」

「確かにそれは気分の悪いことだが、実のところそういった死も無駄ではない」

聞き捨てならぬと、祖父を殺された孫娘は俯いたまま忌々しげに声を挙げる。

「……何よ、それ。悪い奴以外が死んだら、無駄死にでしょうに」

「目上への口の利き方に気を付けたまえ。いいかね、現状我々は容疑者を絞り込む確実な手段を、二つしか持たんのだよ。織部泰長くんあたりなら分かるだろうが」

「……ええ。つまり、へびによる診断と——」

「一人殺して母数自体を減らすってことでしょ！　それは分かってるけども、受け入れられると思ってるんですか⁉」

声を荒らげる千枝実。彼女とて、状況の悪化と対策の必要性は理解している。問題は結局、長者の傲慢《ごうまん》な態度に対する反感と、休水への共感不足に対する不満なのだ。悪いことに、その点を能里清之介は改める気配もなく、容赦なく、核心を突きつける。

「だからこそ、ここで前もって合意をしておく必要があるのだよ。他の皆が生き残るために自分が死んでも構わない、という合意をね」

この言い草に、若者たちは目を剝いたが、対照的に、山脇多恵はうんうんと頷く。

「……それしかないなら、そうする。それが、あたしら休水のもんの役目よねぇ」

休水を守るために命をささげる——その絶対的献身こそ、黄泉忌みの宴におけるひとの役目にして、神髄である。そこを理解しているから、今さら具体的指針が立とうが揺るがない。回末李花子もまた、瞑目して、その指針への同意を示した。

一方でほとんどの者は、彼女らほど容易には受け容れられない。

「え～、ヤダな～。ボクは自分のために死にたい～」

「死ぬこと自体が、みんなのためになる……前向きに、喜んで、死ねっていうのか……でも、だけど、それしか……」

「……それしかねえってのかよ……！」

「そう、それしかない……何とも悪辣ではないかね、山の掟というやつは！」

「冗談じゃないわ！　他人のためにくくられろって言われて、はいそうですかって納得できるわけない！」

なおも気炎を上げる巻島春だったが、

「ああ……それでは、君はおおかみだ、ということになるが？」

「な……なんでそうなるのよ……」

「休水のために命をかける気がない、つまりは休水の敵ってことですか」

織部泰長に言われ、春は息を呑む。

「そうなるのではないかね、休水の諸君……いまこそ団結力が問われるというわけだ」

「おっちゃん、調子乗ってんなー」

「私は長者として、そして嫌疑の晴れた者として当然のことをしているだけだ」

その時、いったんは黙った千枝実が、陰鬱とした面持ちで再び口を開いた。

「能里清之介さん、あなた、自分がへびに調べられるまで、わざと黙ってたでしょ」

「……は、なにを言い出す」

「あなたの今の考え方、辛辣だけど、最後には納得できるんですよ、休水人《わたしたち》なら。要は心構えの程度の問題だから。宴に対してはみんな真剣。命懸けだってことも分かってる。でも、死ねと言われて進んで死ぬ覚悟までは、想像できてない人もいる。わたしもまあ、そう。それだけの話。春ちゃんは全然悪くない」

「千枝ねえ……」

「でもさあ。本当にリーダーとして責任ある人だったら、それをみんなが受け入れられるような言葉で、も、も、もっと早く言えばよかったんじゃないですか。そうすれば昨日の宴ももっと違ってたかもしれないのに。頭のおよろしい能里様、昨日の時点で思いついてなかったハズないですよね？」

「ぐ、む、」

「でもあなたはそうしなかったですよね？　なぜですか？　それを言ったら、へびに調べてもらう権利が暴騰することも気付いてたからですよね!?」

「あっ……そうか、へびに調べられておおかみの容疑が外れた人は、絶対にくくられることはなくなるから、進んで死を受け入れる必要もないのか……」

「お、憶測でものを言ってるんじゃない！」

「でも確かに、疑いの晴れたヤツに『死んでも文句言うな』って言われたって納得できないわ！」

「匠にい～、ひきょうなおっちゃんに何とか言ってやってよ～」

「……だが、言ってることは正しい」

少年少女の不満にも拘らず、室匠は精彩を欠いた声で「合理」を選択した。

「匠にい!?」

一番味方になってくれそうな人間にはしごを外され、巻島春は慌てて周りを見回すが、ブーブー文句を言い続ける醜田近望のほかには賛同者が見当たらない。千枝実もため息をつき、「感情」の主張の敗北を暗に認めてしまう。

そこにそっと挙手したのは、回末李花子だった。

「……あの。わたくしは。賛成します。疑われることも。くくられることも。皆さまの決定に。異議は申しません」

「ぬ……李花子さん……」

「既に申し上げました。こうなれば上藤良も休水も関係はございません。それにわたくしは。勝手な想いですが。心は休水の一員だと。思っております」

「おーおー、誰かさんと違ってご立派なお心持ちじゃないですかね」

さりとて不満は表明する、とばかりに千枝実は嫌味を言ったが、能里清之介は無視。

「ただ……この子にそれを求めるのは。ちょっと。酷ではないかとは」

「……みんな、こわい……」

詳細は分からずとも、剣呑な気配は察せられたのだろう。めー子の声は怯えている。

「ぬ……しかし、例外を作るわけには」

「ええ。ですから。この子をくくるときは。わたくしも供になりましょう」

「な……！　それは駄目でしょう、流してよい血は一日に一人なのですから！」

「くくった後に。わたくしが勝手に死ねばよいのです。けがれは咎《とが》をおかした者に来る。死んでいれば。もう関係ありません」

「そんな、しかし……！」

「見苦しいぜ、清。仕切るならしっかりしやがれ……あと、回末な、あんまり軽率なこと言ってんじゃねえぞ。悪いがあんたも、俺らを締め付けてる上藤良の長者どもの一人に他ならねえ」

「た、匠、回末様に無礼は……」

「こうやってばあちゃんがビクビクする羽目になったのも、あんたのお仲間のせいだぜ。仲間《なかま》面《づら》されても困るんだ！」

萎えた心を奮い立たせ、事態解決に向かうため、彼は「感情」を手に取り直し、その矛先を休水の外——長者へと向ける。

「……申し開きも。ございません……」

「だいいちあんたが休水にいる理由も不明。正直俺は、こんなことになったのを誰かのせいにしたくてたまらねえ」

「匠にい、まさかこれがぜんぶ上藤良の人間の仕業だって言うの？」

話の流れの変節に気づき、織部泰長は警戒した声で問う。

「さあな。全部かは知らねえ。でも現実を見ろよ！　奴らは俺たちをこの場所に集めた！　押さえつけてきた！　そんで霧が出た！　閉じ込められた！　おおかみが出て人が死んだ！　最初に仕組んだのは誰だっつう話だろ！　なあ清、回末よお！」

ほとんど怒号に近い呼び掛けに、能里清之介は言葉を失い、回末李花子は沈痛に俯く。

「むかし、山祭りで三車のジジイが言ってたっけな。『宴なんて休水の作り話だ』。『おおかみ様は人間の味方だ』。ぜんぶ嘘っぱちだ。連中は霧が立てばおおかみが出て、休水の人間が死ぬと知ってたんだ。財産や家柄だけじゃねえ、連中は命にまで差をつけてやがったんだ！」

この物言いに、今度は能里清之介が黙っていなかった。

「馬鹿な……！　上藤良の長者の誰もが聖人君子とは言わんが、多くは才覚と品格に満ちた真っ当な人々だ！　休水人がここにいるのは先祖や自分たちの自ご——」

「おやめなさい。能里様！」

回末李花子が珍しく声を大にして諫め、能里清之介ははっと気付く。休水住人達が浮かべる形相は様々にして全くの険悪。腰を浮かす者もおり、一触即発の様相を呈していた。自業自得。それは上藤良において、休水住人の不遇を正当化する言葉であり、同時に、不遇を受け容れられぬ休水住人たちの逆鱗に触れる禁句でもある。

能里清之介はなんとか口に出すのを踏みとどまり、場の崩壊は避けられた。

「……とにかく。この科学万能の世の中に、黄泉忌みの宴など本気で信じるわけがない。能里の次男たる私もそうだ。当然、長者の間に陰謀の存在など、聞いたこともない」

重苦しくそう断言するが、応じたのは侮りを多分に含んだ千枝実の声だった。

「……ああ、だからかぁ」

「何だ、何が言いたい、芹沢千枝実」

「清之介サンは、長者の陰謀を教えてもらってないんでしょ。そうやって『長者はまとも』って信じて吹聴する広告塔としての価値しか、お家の中で認められてないから」

「なっ――」

「だから、この時期の休水が危険って知りながら、里帰りの逗留先としてしれっと能里屋敷を用意された、みたいな？」

「――ふ、ふざけるな！　私が家に見捨てられたとでも言うのか！」

そう反論する能里清之介だが、声は明らかに勢いを失いつつあった。

「あー、あり得るねえ。ボクやヤッスんとおんなじだ」

「……長者のやり方は、残酷ですよ。権力争いの負け組や無能者、あるいは当主の気に入らないといった理由で簡単に『休水送り』にされる。母なんて……東北から日口家に嫁いだっていうのに、父が死んだとたんに叩き出されて……」

織部泰長の発言に、ここまで呆けたように沈黙していた母・かおりが初めて反応した。

「そんなの、別によかった」

「母さん……ごめん、嫌なことを思い出させて」

「別に、いいの。私にはね、義次とあなたがいればそれだけでよかったのよ、泰長……」

怒気、嫌気を経て、沈鬱とした空気に支配される集会堂。

生まれた沈黙に、回末李花子がふたたび口を開く。

「……皆様。皆様に対する暴言には。わたくしからも謝罪いたします。日頃おかけしている苦労にも。しかし。無いのです。長者のなかに。そのような陰謀は」

その言い分を、果たして誰が信じたかは分からない。しかし能里清之介と違い、彼女は回末家の当主である。発言の重みが、違う。

「長者には。休水について。自業自得などと申す。不勉強な者もおります。しかし。悪習に逆らい。間違いを正そうとする者も。確かにおります。いまはまだ。微力ではありますが。いずれは……しかし。今は……ほんとうに。申し訳ありません……」

「そんなこと、あなたに言われたって……！」

「春ちゃん、この人を責めたって仕方ないだろ」

「何よ、兄ちゃんだって結局思ってるんでしょ！　かおりさんみたく、こ､ん､な､と､こ､ろ､に､来､る､は､め､に､な､っ､た､っ､て！」

「休水の人が悪いとは言ってないだろ！　どうしたんだよ、本当に！」

「どうせみんな死ぬのよ！　おじいちゃんだって、偉ぶってたくせに結局カンタンに死んじゃったんだから！　こんなのやってられない‼　どうしてあの時ほっといてくれなかったのよ‼」

巻島春はそれからも、ほとんど支離滅裂な悪態を相手構わず吐き続け、織部泰長が強めに叱りつけると、地蔵のように黙ってしまった。ようやく再びの沈黙は訪れたが、短い時間で多くの感情が損なわれ、回復の兆しもなかった。

「……かなしいのう……」

「どうしたんですか、おじいさん」

「おおかみがきたら……だあれもが、おにになりよる……」

「……そうですねえ。だからこそ、よみびとをくくらねば……」

ここに至って現実に向き合うべく動いたのはやはり室匠だった。

「ワケ分からなくなったが……とりあえず、春。辛いのは分かる。今だけこらえてくれ」

匠が宥め、春は何も返さなかったが、それ以上文句を言うこともなかった。

「長者の陰謀とかは、まあいい。事実として上藤良は俺らを助けてくれやしねえさ」

「道、崩れちゃってたしね」

「それもあるしな。で、そんな中、清は逆に信用していいと俺は思う。理由は千枝実が言った通りだ」

「あらら、お気の毒」

「……ふん、勝手に何でも妄想するがいい」

「回末の言い分は、正直わからん。俺は別にあんたを信じてねーが、まあ、疑いすぎるのもやめようと思う。ただな、誰かをくくる段になったら、俺たちにとってあんたは一番くくりやすいんだ。分かってることだけ、率直に喋ってくれ」

「……はい。出すぎた真似を」

「もうそのまま君が『宴』を進めてはどうかね、室」

「……おやっさんの真似をしてみただけだ。ガラでもねえ。あとは任せた」

「ふん……私から提示することはごく僅かだ。これから多数決を取り、最も多く票を獲得したものを『くくる』」

「いきなりそれは乱暴だってば……！」

「むろん、何らかの申し開きができる者はそうすればよい。自分が死ぬべきでないと価値を立証できるような場合は特にだ。しかしながら、『自分は人間だ』だの『死にたくない』だのは不要だ。そんなもの、誰だって同じなのだから」

提示するのは、怜悧《れいり》にして酷薄な採決。「感情」に寄って立つ姿勢は、結局最後まで見せなかった。

「選ばれた者は潔く諦め、残りの者に休水の運命を託して、身命を投げ出す。辛いが、これしかないものと愚行する。反論があれば、申されたい！」

反論は、ない。理不尽な正論に対する反感は全て、各々の口の中で噛み殺された。

「投票方法はどうするんです」

「上座の者から順に指名していく。短い解説を行ってもよろしい。投票先は私が手元の手帳に記録しておこう。それとも君が記録するかね、織部泰長くん」

「いえ、あなたがすべきかと。ひとですし。僕は異論ありません」

「は……？　指名投票？　ありえない、対面で誰かに死ねって言うみたいなマネできるわけないでしょうに！」

「いいかげん芹沢のイチャモンに付き合う余裕もなくなってきたが！　あえて言えば！　誰が誰と敵対したかは重要な情報につき隠さないこととしたい！　いかがか！」

反論は、ない。

死を受け容れる覚悟を求めるなら、それをもたらすものの側にも死を強要する覚悟が求められる。

認識は暗黙のうちに共有され、千枝実も反論のすべを失って、黙った。

かくして、投票が始まる。

「では……えー、こちらのお名前は」

「じっちゃんだ」

「狼じじいだ、見たことあんだろ」

「おじいさんは、あたしが若い頃からおじいさんでしたよ」

望む答えは得られず。咳払いして、能里清之介は尋ねる。

「……ご老人、私の言ったことは理解されますかな」

「あー……」

「では、この中の誰が『おおかみ』だと思われますか」

「……あ、」

枯れ枝のような老人の指が指し示したのは、

「……え、わたし？　なんで!?」

「おおかみ、こわい、こわい……うぇへぇへぇへぇ……」

「では芹沢千枝実さんが一票……と」

「ちょっと待ってよ！　本気でこんないい加減な決め方で人を殺すつもり!?」

「仕方なかろう！　ご老人も宴の参加者、発言権を奪うわけにはいかんだろう、んん？」

「匠にいちゃん、何とか言ってよ!!」

「……泰長、お前、どう思う」

「様子を見るよ」

「だな」

「……ちょっと、そんな……」

芹沢千枝実……一票

「じゃあ、あたしだね……あたしも千ぃちゃんに入れようかしら」

「なんで……多恵ばあちゃん……」

「悪いねえ、実はあんまり分からんのよ……じゃが、千ぃちゃんがずっと怒っとるのがちょっと変に思えてねえ……」

山脇多恵は視線を泳がせつつ、もごもごと投票理由を述べる。

『『他の皆が生き残るために、自分が死んでも構わない』……」

能里清之介が重々しく、題目を唱えれば、

「ええ！　ええ！　そうね、わたしは同意しないわ、そんな理屈！　休水のみんなは大事だけど、自分の命だって大事だもの！」

千枝実は強い口調で、あらためて、反対の意を示した。

「それにわたしは自分が『おおかみ』じゃないって知ってるし！　大人しく殺される気にはならない――けど、」

ふと口ごもる。再び口を開いたとき、彼女の声は悟ったような落ち着きを伴っていた。

「いいわ。そのルールに乗る。このままだとそれだけで殺されそうだし、他に方法もないのは確か。さあ、多恵ばあちゃん。千枝実は大人しくなるよ？　投票先変えない？」

「え……ど、どうしようかねえ……」

「うん、じゃあいいや。さっきは千枝実は怪しかったもんね」

微笑さえして、芹沢千枝実は一票を受け容れる。

芹沢千枝実……二票

「……よろしいかね？　では、室の番だ」

「俺はめー子に投票する、い、い、い」

はっきりとしたその台詞に、一同はざわめく。

「めぇ……」

「匠兄ちゃん、マジで……？」

「……室様。あなたは……」

「理由を言う必要あるか？　いくら子供でも親の名前どころか素性も言えないのはどこまでも変だからだ。伝説がどこまで本当かは知らねえが、奇妙なもんが皿永から上がってくるなら、同じ来かたをした奴を怪しむのは当然だ」

「匠にい、それでおおかみが見つかるとしたら、ちょっと単純すぎやしないかな」

「ボクもそーゆー決め方ができる気はしないんだけどなー」

織部泰長と醸田近望。奇しくも両者は、それぞれ個別に房石陽明と交わした密談に基づいて、証拠や出自に基づく推論に反対した。

が、室匠は折れない。

「皿永から来なくたって素性不明の怪しさは何も変わらねぇよ。逆に考えてみろ、もし子供がおおかみだったとして、今のお前らみたいに、子供だから可哀そうって理由で対処しなきゃ、そのまま全滅するんだぞ。分かってんのか？」

そこまで言われれば、二人ともその考えを尊重するしかなかった。投票は確定する。

芹沢千枝実……二票
めー子……一票

「フン、室もそれなりに考えているということだな……では、織部夫人」

結局、宴のほとんどの時間を黙って過ごした織部かおり。弱り切っていることはだれの目にも明白だったがゆえに、その動向には注目と心配が集まった。

「…………ま、巻島、春さんに」

果たして、その言葉は、動揺と諍論《じょうろん》をこの場にもたらす。

「母さん……！」

「――なんで、私なんですか」

「逆に……言っ、言ってごらんなさいな！　どうして今日逃げたりなんてしたのか！　おじいさんを殺して、義次を殺して!!　気まずくなったからじゃないの!!」

「ちっ――ちがう、ちがいます！」

「じゃあ言ってごらんなさい‼」

「こわかったから‼　こんなとこにいたくなかったから‼」

「うそおっしゃい――‼」

摑み合いになりかかるが、これは室匠が止めた――無理矢理引き離しただけだ。以後、巻島春はむっつりと黙り、織部かおりは嗚咽するのみとなってしまう。

「……織部さんは結局、投票先をどうするのかね」

止まった進行を戻すべく、司会は尋ねたが、返答はなし。必然、最後に示した意向をもって投票が確定される。

芹沢千枝実……二票
めー子……一票
巻島春……一票

「……次に、私だが……」

司会とはいえ、一票を有する。能里清之介はやや思案する様子を見せたが、

「私は、本名不詳のご老人に」

迷いなく、そう発した。これまでの誰かに同調するわけではない、かつ、どう見ても無害そうな

痴呆《ちほう》老人を摑まえての投票に、千枝実は当惑の声を上げた。

「……え、どういう理由で？」

「先ほどの応答で分かった。彼は理性的な判断を行っていない。宴には不要だ」

「そ、そんな一方的な⁉」

「事前に『おおかみが来る』などと吹聴した、疑うに十分な事実も『一方的』かね？」

指摘され、千枝実は言葉を詰まらせる。

「私は彼が狂っているか、あるいは何かを知っていると見る。考えなかったかね？　休水では過去にも宴は行われているはず。老人であれば、それを体験しているはずだと」

「あ……あたしはないですよ！　七〇になるまで生きて、いちっども！」

「でも彼ならあり得るのでしょう？　あなたよりも年上だというのですから」

山脇多恵もまた、返答に窮して沈黙する。

「彼は何かを知っていて、痴呆のためにうまく言えないのかもしれないし、悪意的にごまかしているのかもしれない。票を投じることで、情報を引き出せるかもしれない。そうでなければ……彼に価値はない」

取りも直さず、彼が反感を買うのは、その物言いによるところが大きいのだが、いくら険悪な視線を集めたとしても態度を改める気はないようだった。

「価値。一方的な他人の評価。そんな理由で。人をくくるのは。如何《いかが》なものでしょう」

「そう仰いますな李花子さん。今日、室にまた一人加護で調べさせ、くもには引き続き、室を守ってもらう。これを繰り返せば、三回で全員の素性が知れるのです」

「……どうして。ですか？」

「え……ええっと？　一日に一人くって、一人おおかみにやられて、一人へびで調べるなら……一日に三人正体が明らかになる？　いま、匠兄ちゃんと能里サンの他、九人がひとかおおかみか不明だから……三回で、全部分かる？」

「そういうことだ、芹沢。くくるのを選ぶのは三回だけでいい。それならあえて親しいものを率先して選ばずとも、縁の薄い者から休水のために役立ってもらえればいい」

「てめえ、いい加減にその言い草やめやがれ！」

「私は最大多数の最大幸福を論じているつもりなのだがねえ、室！」

「能里さん、本気で言ってるんですか」

調子づいていた能里清之介に質《ただ》したのは、冷徹な、織部泰長の声だった。

「なに？」

「千枝ねえの計算は、おおかみがへびで調べられていない人間ばかりを馬鹿正直に狙った場合の話でしょう。おおかみが前日に、正体が確定した相手ばかり殺しにかかったらどうするんです。たとえば今日、あなたを」

「ぐっ……」

「あなたの計算はいい加減だし、それに『身寄りのない者を殺そう』なんて……おおかみをくくるっていう目的は、揺らがせたらダメじゃないですかね」

「……き、君は、身内を殺すことを軽く見てはないかね」

「僕は『だから身内を殺そう』なんて一言も言ってない。言えるわけがない。僕が」

息子の言葉に反応したのか、織部かおりはここで少しだけ、嗚咽を漏らした。

「……少々間違いがあったかもしれんが、投票は進行中だ。後は各々の判断に委ねよう」

しかし能里清之介の面の皮の厚さも大したもの。これを以て彼の投票先は確定された。

芹沢千枝実……二票
めー子……一票
巻島春……一票
狼じじい……一票

「次は、回末李花子さん……ではないのか」

歳の順でいえば回末李花子に違いないが、彼女はめー子に従って下座にいる。投票は席順としたのは能里清之介本人であったが、彼はまだ少々動揺していた。

「席順から言えば僕ですね。僕は──」

「泰くん、ちょっとまって」

遮ったのは、芹沢千枝実だった。

「突然悪いんだけど、思いついた……さるって名乗り出てもいいんじゃない？」

それは別れ際、房石陽明が提示した指針であることを、他の者は知る由もない。ここに至り、彼女はようやく房石陽明の真意に追い付きつつあった。

「……なぜそんなことを言う。加護持ちは名乗り出ない方がいいと、織部泰長くんも巻島翁も言っていただろう」

「いや、わたしもそーやって何も考えずにいたんだけど……じゃあ、さるって何の役に立つの？　お互いのことが分かるだけなんでしょ？　最初にそれが知れるだけで、その後何かが分かるわけじゃない」

その言《げん》を受け、泰長も思案顔になる。

「……そうだね。確かに、黙っていても何も起きない、か……」

「そう。だけど考えてみれば、さるは互いに証明できるんだから……ある意味、へびに調べられたのと同じくらい、『おおかみじゃない』って信頼できるわけでしょ」

「嘘ついたやつがいたら」

室匠が懸念を口にするが、

「リスクが高すぎる。たとえば、わたしはさるじゃないけど……はーい、わたし、さるでーす！　さあ、確かめるために、匠にいはどうする？」

「……もう一人が誰か言ってみろ、と言うかな」

「そう。でも、誰も言えない。ウソだから。それでもたとえば……はい、モッチーです！　そう言ったとしても、証明できないわけだよね、相手は違うって言うから」

「なるほど。だが、相手が乗った場合は？　さるになれば安全になれると思って」

「本物のさるに名乗り出てもらって、その四人からくくっていく」

「それは……」

能里清之介は当惑する。芹沢千枝実の物言いは、さっきまでの自分と同じ冷酷なものに感じられたからだ。あるいは他人にそう振る舞われる辛辣さを初めて実感したのか。

「嘘ついてまで生き残ろうとするのはおおかみ。その原則ならば、そうするのが正しい。よね？　能里さん。みんな。これでいいんでしょ？」

必要なら、望むなら、自分だって残酷な理知を振るってみせる。そう言わんばかりに、千枝実は言い放つ。能里清之介は、彼にしては珍しく、深く頷いてみせた。

「……確かにそうだ。その方針をきちんと立ててさえいれば、あえてさるを騙《かた》ろうとするものはいなくなるだろう」

織部泰長もまた、得心しつつあった。

「そうか……ひとにとってもおおかみにとっても、危険すぎてやる価値がないのか……」

「これ、分からない人いる？」

千枝実はあえて丁寧に確認をとり、反論がないことを確かめた（とはいえ老人と幼児、それに無反応な織部かおりが理解しているのかは不明だったが）。

「じゃあ、さるの二人、名乗り出てくれないかな。これで二人、容疑から外せるから」

「はいはーい」

「え、モッチーが？」

「うん、イエス、ボクはさるだ」

「じゃあ、さっき言った通りだ。もう一人は誰だったんだ？」

「めー子ちゃんだ！」

「な――!?」

めー子に投票していた室匠をはじめ、その場のほとんどの視線がめー子に向けられた。

「なあに？」

当の本人は話についてきていなかったが、

「あのねー、きのうの朝に、起きたら、お腹になんかなかった？」

「あ！　あった！　さるさん！」

千枝実の提唱の通り、証明が為された。

「知ってるんだ、なにがさるの文様なのかって」

「……はい。『しんないもうで』と一緒に。教えて遊ばせていましたから」

織部泰長の疑問も、即座に回末李花子によって解消される。

「他に『さる』だって人ー。いないっぽい？　じゃあ確定じゃん」

「そっか……間違いないのか……どうして気付かなかったんだろ……くそ……」

「……なんだ、じゃあ俺の投票は無駄だっつうのかよ」

「わたしは、やり直してもいいと思う」

「待て、一度決めたやり方を曲げる気か？」

「投票の撤回は不可能としたほうがいいと思うな。土壇場で嘘ついてリセットとか、きりがなくなるから」

「……しゃあねえな。じゃあいい」

「突然言い出してごめんね。泰くんの投票だった、戻って」

しかし、千枝実の発言により明らかに流れは変わった。ひとである証明が為された者が、この場に四名。容疑者は、残りの七名。

「……僕は、狼じじいに一票入れる」

「な、なんだ、君もやはり私と同じ考えかね」

「いいえ？　身内じゃないから、なんて理由じゃないですよ。理由は、黙っているだけで何もしないのが、間接的におおかみを利しているから、です」

能里清之介は思った。それは結局、宴に不要だ、という自分の主張の言い換えにすぎないのではないかと。詭弁を弄された感覚はあったが、黙る。この時能里清之介は明らかに、この若い秀才に対し気後れを感じていたのだ。

芹沢千枝実……二票
めー子……一票
巻島春……一票

狼じじい……二票

「じゃー次はボクだ。多恵バアに百万票」

「何じゃって！」

「一人一票だ！」

能里清之介のいらついた声に、醸田近望は口を尖らせつつも、

「じゃあ多恵バアに一票。千枝ねえに一票入れた目のつけどころが怪しいもんなー」

そんな憶測で、あっさりと、一票を放り投げてしまった。

「なっ、なっ……何言うんかね、この子は……!!　じゃから若いもんはいいかげんで、ろくでなしで……!!」

山脇多恵の文句は長く続いたが、結局は室匠がなだめたことで、投票は再開される。

芹沢千枝実……二票
めー子……一票
巻島春……一票
狼じじい……二票
山脇多恵……一票

「あ、次わたしか！　えーと……そうだなあ……」

ここまで他人への応答に力を注いでいた千枝実は、自分の番になり、改めて思案する。

その結論は、

「……おじいちゃんに、一票」

その視線の先、狼じじいは、何を理解したふうでもなくぼうっと虚空を見上げていた。

「なんだ、結局君もそれか」

「だまってて。理由は、現状でほかに怪しいと思える人がいないってだけ。以上。春ちゃんの番だね」

芹沢千枝実……二票
めー子……一票
巻島春……一票
狼じじい……三票
山脇多恵……一票

「……あたしは、回末さんに入れるわ。あなたがきっと、けがれを呼び寄せたんだ」

「違います。わたくしはただ。おのれの役目を果たすために」

「じゃあとっととけがれを引き取ってよ!!　そうしないのはあなたがおおかみだからでしょ!!」

「貴様、いい加減にしろ‼」

巻島春がまたも平穏をかき乱し、能里清之介が険悪にやり返して、場は騒然とする。

「……力不足で……返す言葉もありません……」

その渦中で、回末李花子は悲し気に、そう呟くのみ。

芹沢千枝実……二票
めー子……一票
巻島春……一票
狼じじい……三票
山脇多恵……一票
回末李花子……一票

「あなたもこんな連中にかかずらう必要はない……李花子さんの番ですよ。きっとあなたに票を投じた者が怪しい」

「まーたボンクラさんってば、ろくでもないことを……」

千枝実の悪態を能里清之介は無視。その一方で、回末李花子は発言したが、

「わたくしは。織部泰長さんに」

それは誰にとっても意外な指名であった。

「――あなた！　あなたは‼」

織部かおりがにわかに激昂したが、またしても泰長や匠が阻む。場が落ち着いたのち、回末李花子は自説を述べた。

「わたくしは。疑っているわけではありません。でも……思ったのです。いま。この場でもし。おおかみ様が彼だったなら。それこそが。皆にとっての『最悪』だと」

「……色々喋りましたからね。みなさんを騙すためにそうしたって思われても、仕方ないかもしれません。ただ、僕は間違ったことは言ってないと思います。回末さんが投票されるのは構いません。意思表示のために投票するのも大事なことだと思いますから」

そう、冷徹に、受け容れた。

芹沢千枝実……二票
めー子……一票
巻島春……一票
狼じじい……三票
山脇多恵……一票
回末李花子……一票
織部泰長……一票

「……狼じじい氏が三票でトップか。そこの子供、最後は君だ」

「めー子。分かる？」

「……だれがおおかみさんかえらぶの」

「そう」

「……じゃあ、おねーちゃん」

女児の小さな指が指し示したのは、

「……わたし？　……えー、マジですか」

芹沢千枝実、だった。

「……こわい」

「あたしゃーあんたのほうが怖いよ……」

かくして、全員の投票が終わった、が——

芹沢千枝実……三票
めー子……一票
巻島春……一票
狼じじい……三票
山脇多恵……一票
回末李花子……一票

織部泰長……一票

「決選投票だ。芹沢千枝実と、休水のご老人を除く九名で、再度投票だ！」

能里清之介が高らかに宣言し、

「……」

芹沢千枝実は、緊張した沈黙で応じ、

「…………おおかみがくる……」

狼じじいは、相変わらず、応じもしなかった。

かくして決選投票は迅速に実行された。

芹沢千枝実……二票
狼じじい……七票

「……再度投票の結果。休水のご老人、七票。芹沢千枝実、二票」

結局は、能里清之介の示した通り。

身寄りもない、有用な発言もろくにない者が、くくられるはこびとなった。

「……決めたからには、全員同罪だ。腹ァくくれよ」

「多恵バアとめー子ちゃん以外、全員じいちゃんじゃん……」

「黙れ、近望。……ご老人、よろしいですな」

「……」

反応は、ない。

「おいじいさん、分かってっか？」

室匠が再度問いかけると、

「じかんが、ほしい」

「あ？」

「ものぉ、かたさにゃあ、いかん」

なんと、意志疎通が叶った。

「……身辺整理というわけか。そのくらいは、猶予があってしかるべきかと思われるが」

「逃げる気じゃないでしょうね」

「春ちゃん」

「じゃーボクがついてく」

醸田近望が名乗りを上げた。

「頼むぜ」

「では、彼が戻って来次第、皿永へと向かうこととしよう……李花子さん、縄はどこへ」

「こちらへ……」

淡々と、彼らは準備を進めていった。

異変

既に夕刻と言っていい時間だ。ろくに考えもまとまらず、だらだらと時間を潰していた僕は、外が騒がしいことにふと気づいた……大声で叫ぶ、人の声だ。

「どうしました！」

窓を開けて、叫んでみる。こちらは崖側なので、集落のほうに直接声をかけられない。声が届かなかったのか、応答もなかった。

「何があった!!」

より大きな声で叫んだ、のだが。

「房石てめえそこ動くんじゃねえぞ！」

そんな匠さんの声が、え、殴られる？

「何があったんですか!!」

馬鹿みたいに同じことを繰り返すも、

「今危ないんです!!」

今度は泰長くんの声がそう返ってくる――危ない？

「どういうことなんですか！」

バカみたいな質問連投に我ながら苛つくが、今度は返事もなく、遠くでわめき合う声が聞こえるばかりだ。

と、その時、寮の階段をあわただしく駆け上がる音が——

「誰だ⁉」

またも返事はない。何かが起きている。誰かが近くにいる。高まる緊張——

「あっ陽明さん！」

「また千枝実オチか‼」

「何それ⁉　悪いけど今じっとしてて、ひょっとしたらヤバいかも——」

——怒号が、千枝実の声を断ち切った。凄まじい、殺意さえ籠った、悪態。聞き間違えようもない。匠さんの声だ。直後、ものも言わず千枝実が立ち去る気配がした。

「——えっちょっと‼　開けてよ‼」

ドアと格闘するもガタガタいうばかりで全く開く気配がない！

「何かあったなら僕も手を貸すってば‼」

どうする。引き続き、待つか？　それはあの時、便所で待ったときと同じなのでは？

その結果どうなった？　二人の犠牲だ、後悔だ、道理違反《ルール》だ！

い、いいや、そうしなければ、どうだった？　失敗だ、人狼だ、死だ！

ここから脱出して見物に行くことは、たぶんできる。しかしその結果、間違いなく信用は失うだろう。下手すれば巻島寛造氏が言い放ったとおりになるかもしれない。

即ち、取り決めを破ったことによる死。

死、死か……

また死んでも戻ったりしないだろうか？

この考え、極力持たないようにしようとしてきた。持ちそうになるたび、さらに常識力と想像力を総動員して、あるかそんなこと、辛いぞ苦しいぞ、今の命を一所懸命に生きろ、と自分に言い聞かせてきた。しかしだ。

既に、命を代償に重要な情報《キー》を手に入れたことが、二度にわたっている。

それは痛かったか？　イエス。苦しかったか？　イエス。しかし、それは結局、謎が最後まで解明できない苦痛でしかなかったんじゃないか？　そして、命を賭けないことで謎がさらに遠ざかってしまえば、更なる苦痛に延々苦しむハメになるんじゃないか？

つまり、発想の転換が必要なのでは？　少しでも謎に近付ければ死んでも本望、と思えれば、「死に戻り」に賭けてみるのも一興、だったりしないだろうか？

開きっぱなしの窓。

二階なので、大した高さがあるわけじゃない。少々足がすくむ程度だ。

——無視して、飛び降りても——

「房石さん！　何やってるんですか！」

我に返ると、打ち開かれた扉に、織部泰長くんが険しい表情で立っていた。

僕？　窓枠にまたがった謎ポーズで硬直してますけども。

「ええと、ぜ、税金対策を」

自分が何を思ってそのゴマカシを口にしたのか、後で幾ら考えても分からなかった。

すぐに訂正したら分かってくれたが、どっちかというとそれどころじゃないから流されたという風でもあった。とにかく異常事態で、僕がちゃんといるか確かめたかっただけ、引き続き待ってろ、とのことだったが、いいや僕も連れていけ、というか付いていく、とゴリ押ししたことで泰長くんは根負けし、彼に連れられて軟禁を脱することに成功する。

目指すは、声のした方角――広場のほうへ。

一分もかからずたどり着く。そして、さっきの匠さんの叫び声の意味を知る。

その、絶望の意味を。

広場から更に一段下ったところ、墓地への道すがらだった。道といっても低い雑木が頭上を覆い尽くす鬱蒼とした林で、足元は腐葉土の絨毯《じゅうたん》だ。霧がなくとも日当たりと見通しは悪かろう。どこからか水音が聞こえる……ような気がする。濃霧のせいで見えないが、生活・農業系の排水路とか、あるいは例の埋設された用水路とかがあるのかもしれない。

さらに進めば、霧の向こうに人影が見え始めた。

「房石さんは、部屋にいたよ！」

泰長くんがそう告げるが、僕はものも言わずに、人垣の間から顔を覗かせた。

人体があった。
しかも、二つ。老人のものと、子供のもの。
相違的である二者は、相似的な格好と、色をしていた。
最悪なことに、第一印象で僕は思ってしまった。赤ん坊のようだと。
四肢を縮こまらせて。
腹から長いピンク色の管を――腸《はらわた》を――はみ出させ、互いにもつれさせて。
血の気の抜けた真っ白な顔に、罪も命も知らぬとばかりに呆けた表情を浮かべて。
血の海のなかに身を横たえる、グロテスクな双子の赤子のような、
狼じじいと、醸田近望の、死んだようにしか見えない遺体が、そこにあった。

「――何が、あった」

こんなことが起きる道理《ルール》はない。

モッチーが死ななきゃならない道理《ルール》は、ないはずなのに。

「誰が殺した――！」

叫んでいるのは誰だろう。僕だ。なぜ僕が叫ぶ。彼は出会って間もない、行きずりの、

『ハッさんも仲間になろう。霧が晴れたら上藤良にニワトリ盗みにいこう』
『え～、まだ遊ぼうよ～ハッさん～』
『ハッさんったら～～』

——行きずりの、友達だったからだ。
僕はもう一度叫んだ。言葉にならない感情を叫んだ——濃霧の彼方、遥か遠くの山谷に残響した僕の叫びは、なぜだろう、嘲るような獣の咆哮に聞こえた。

『レイジンググループ』第一巻　解説

『回転の始まりによせて』

不明なものに遭遇した時、人を前に進ませるものは
生き残りたいという生存本能でも、
恐怖に打ち克ちたいという闘争本能でもない。
〝この闇は何なのか〟
その正体を知らずにはいられない、賢くも愚かしい探究心だ。

◆

『小説版レイジンググループ』の世界にようこそ。

多くのゲームプレイヤーを戦慄と興奮の坩堝に引きずりこんだ『レイジンググループ』、その闇のとば口になる一巻はこうして、無事、一旦の小休止に入りました。

この先に待つものは『ヒト』と『おおかみ』の生き残りをかけた弁論合戦ですが、そちらの結末と〝その続き〟は二巻でお楽しみください。必ず、一巻以上の興奮が待っていますので。

さて。一読者として、そして一ゲーマーとして一巻の解説を託された以上、ひとりのゲームマニ

アとして解説をさせていただきます。

『レイジングループ』は2015年の終わりに発売された、ノベル形式のＡＤＶ《アドベンチャーゲーム》です。

ノベル形式ＡＤＶとは『文章《テキスト》を読む事をゲーム的に楽しみつつ』、『そのゲーム内世界を冒険する』ジャンルで、その開祖には1992年に発売された傑作『弟切草（チュンソフト）』、そしてその魂的な続編とされる『かまいたちの夜（チュンソフト）』があります。

『弟切草』も『かまいたちの夜』も、ゲーマーなら一度は目にした事のある輝ける金字塔ですが、この二つは真逆のコンセプトで作られていました。

原始的な恐怖をテーマにした、不条理と愛に彩られた怪奇譚《ホラーゲーム》『弟切草』。

現実的な恐怖をテーマにした、理論と愛で積み重ねられた推理物《ミステリー》『かまいたちの夜』。

この二つがゲームライターに与えた衝撃は凄まじいものでした。

その内容の面白さは当然として、この二作に多くのファンがついた事で、文章をメインにしたゲーム……『物語を理解していく事が快感に繋がる』ゲームが成立する事を証明したからです。

以後、2010年まで、このノベル形式ＡＤＶの進化は続きます。

数々の名作が生まれました。売り上げとして記録に残ったものだけではなく、記録にはならずとも何にも代えがたい個人の記憶として残る名作も、星の数ほど生まれたのです。

その中でもやはり、もっとも多くのユーザーを魅了したのが『ループ物』でした。

『ループ物』とは、『主人公がリタイヤした際、物語の初めからもう一度やり直す』という物語形式です。ゲーマー風に言うと『強くてニューゲーム』ですね。

この物語形式は古くからあり、別にゲームだけの専売特許ではありません。

ですが、トライ&エラーが根底にあるゲームというジャンルにおいて、『ループ物』の相性は恐ろしいほど説得力を持つものだったのです。

たとえばシューティングゲームの雄、『グラディウス』で、面の途中で自機が爆発した後、残機をひとつ使ってセーブポイントから再スタートします。

それがゲームの常識なので特に感慨もなく受け止めていますが、あれも『一度死んで』『面の初めからやり直す』ものでしょう。

何が悪かったのかを学習し、もう一度同じシチュエーションに向かい、これを克服して先に進む……この『デッド&リトライの常識』は、今のところゲームだけに許された基本常識です。

現実の世界、僕らの人生において、トライ&エラーは毎日あれど、デッドすればリトライもリポップもないのですから。


だからこそ人間は『もう一度』に憧れ、ループ物に強い関心を示します。

多くの悲劇。多くの悲しい結末を、『まあ、色々あったけど、その後はそれなりに幸せな人生だったよ』などという帳尻合わせではなく。

『悲しい結末』自体を、なんとしても救いたいのだと。

それは時間を認識し、記憶を蓄積していく知性体が持つ、共通の叫びなのです。

近年、この叫びをもっとも大きくあげ、そしてユーザーの心を打ったのが２００９年に発売された『シュタインズ・ゲート（5pb.）』でしょう。

これまで培われてきたループ物ＡＤＶの長所を受け継ぎながら、２００９年の現実のギミックを生かしたタイムリープ物の傑作です。

しかし。この後、ゲーム業界においてメインストリームと呼べるＡＤＶは中々現れなくなりました。

それはゲームを遊ぶためのプラットホームの変化（据え置き機から携帯機、そして携帯端末へ）や、プレイスタイルの変化（コミュニケーションツールとして使われる、ストレスフリーなものへの移行）によるものも大きかったですが、なにより、多くのユーザーが『ループ物への耐性がついた』のだと思います。

多く出せば出すほど、美味しい料理を食べれば食べるほど、人間の舌は肥えていきます。

１９９４年から２０１０年まで、ＡＤＶは素晴らしい成熟期を迎えました。

その結果、生半可な作品ではユーザーの口の端には上がり辛くなったのです。あるいは、心ない者はこう嘯いたかもしれません。『ＡＤＶなんて時代遅れだ』とも。

そんな冬の時代――何もかも逆風の状況で、『レイジングループ』は静かに、しかし大胆に頭角を現しました。

はじまりは本当に些細なものだったのでしょう。

水面に現れた異形の角が、ひっそりと波紋を広げるような。

その波紋はいずれ水流になり、渦になり、深淵の虚《うろ》になり、ゲーム業界に生きるものなら無視できないほどの大渦となりました。

そう。近づいたものを容赦なく引き込み、叩きのめす災禍《ディザスター》に。

正直、自分も『レイジングループ』の評判は聞いていましたが、忙しさにかまけてプレイするには至っていませんでした。それが２０１８年の５月、ＧＷに休みができた事で「うーん、星辰が露骨に揃ったな」とスナック感覚でプレイし、気がつけばＧＷが終わっていたのです。

プレイ時間、実に四日間。

夢のようなゲームプレイ時間。仮眠をとった時、夢に見るほどの影響力。そして興奮。

この時、自分は確かに藤良村に迷い込んだ住人であり、物語から逃れる事のできない囚人でした。知的好奇心を刺激されながら、ただ為す術もなく未明の闇に落ちていく感覚は、このジャンルのゲームでこそ最大に味わえるのだと再認識した程です。

誤解を恐れずに記するなら、『レイジングループ』は『最先端』のものではありません。

そこにあるのは『弟切草』から端を発したノベル形式ＡＤＶの、あらゆる旨味を詰めた蠱毒の壺です。オカルト。ホラー。極限状態での人間模様。神話と民間伝承。愛すべき登場人物たち。かみさま。かわいい。不可思議なるものを打ち払う推理の光。……そして、人間の強さと残酷さ。およそ物語に求められる要素はすべて。

『弟切草』と『かまいたちの夜』は同じノベル形式ＡＤＶでありながらテーマは正反対のもの、と説明しましたが、『レイジングループ』はこの異なる二つの恐怖を両立させ、かつマルチヒロイン形式まで組み込んでいます。

この他、『人狼ゲーム』（こちらの説明は二巻以降、解説の方がやってくれると信じて）を題材にしてはいますが、根底にあるものは『ビデオゲームにだけ許された物語の楽しみ方』です。


なぜこんな演出をするのか。

なぜこんなモノローグが出てくるのか。

なぜこんな談話を挟むのか。

なぜこんなＵＩを採用しているのか。


プレイ中に浮かぶいくつもの『なぜ』には、必ず答えが用意されていました。そういった『物語の外枠』……絵画でいうのなら『額縁』ですら、ゲームの面白さに連結させているのです。

その外連味、『ループ物としての説得力』はゲームならではのものでしたが、この『小説版レイジングループ』にもその試みはなされています。

ゲームで味わったあの『闇に進んでいく感覚』を小説媒体でどこまで表現できるのか。

それが不安ではありましたが、原作者にして著者のamphibian氏はこちらの媒体でも『レイジングループ』として果敢に挑戦してくれました。

この、どんな獣のものともよく分からないが、旨味迸る肉を噛みしめている感覚……本書を読んでいる最中、自分の心は一年前のあの時に戻っていました。ゲーム版を未プレイの方にも、プレイ済みの方にも、本書は新鮮な読後感を与えてくれる事でしょう。

『レイジングループ』はまだ始まったばかりです。

その濃度はこの先上がる一方で、下がる事はありません。

一巻を読み終わった貴方の胸に芽生えた〝なぜ?〟という好奇心、その期待を裏切る事は決してないのです。

かつてこのゲームに出遭った自分が、どれほど興奮したのか、この先に待つものがどれほどのものか。その興奮をこれから共有できる事を嬉しく思います。

ＡＤＶ文化の最後に現れた巨岩。

どうか、その魅力の一端を感じてください。

そして——ようこそ、おおかみ信仰の残る最後の楽園、藤良村へ。

あなたに、ひつじの導きあらんことを。

奈須きのこ

あとがき

amphibianと申します。読みは「あんひびあん」としております。

本作が初の著作となるため、軽く自己紹介を。私は広島のゲームメーカー「KEMCO」に勤めている会社員です。シナリオ執筆を担当した幾つかの作品が幸いにもご好評いただいていたのですが、このたび出版のご提案にまんまと乗ってしまい、全七巻連続刊行（予定）とかいう殺人マラソンに繰り出してしまいました。死にそうですががんばります。

この『レイジングループ』という作品は、私がシナリオを執筆し二〇一五年末に発売した同名のノベルアドベンチャーゲームを原作としています。ゼロ年代日本の片隅で受け継がれる因習……「人狼」ゲームと酷似した殺人儀式の謎に、「死んでも特定タイムポイントに戻される＝ループする」男が挑む、という、露骨にハイカロリーな大長編エンターテインメントでございます。

ゲームの「レイジングループ」は、通りのよい「人狼」「ホラー」のコピーを冠しております。確かにこれは私の従来作である人狼系サイコサスペンスデスゲーム作品の系譜で、かつ和風ホラーでもあるのですが、一方でこの作品は「伝奇」でもあります。膨大なデータベースと偽史、独自の世界観、奇怪な事件に癖のある登場人物たち……そんな伝奇的要素は本作の最重要な基幹を成しています。この小説版『レイジングループ』では、ホラー／ミステリ要素をブラッシュアップしつつ、

「伝奇としてのレイジンググループ」を今一度問い直し、踏み込むことを目指しています。果たして第一巻では既に数々の不気味な現象・事件が休水を襲いつつありますが、その根源は単なる謎解きの枠を超え、おどろおどろしき伝奇の深淵に繋がることでしょう。へらへらした「死に戻りの男」は深淵の水先案内人としては頼りなく見えるかもしれませんが、彼が伝奇物語の主人公としてこれからどんな立ち回りを見せるかも、併せてお楽しみいただければ幸いです。

さて、なぜ今「伝奇」を問い直すかといえば、「新伝綺」ムーブメントの旗手のお一人たる奈須きのこ先生から「伝奇として」ご評価をいただいたからに他なりません。この御恩は、小説版『レイジンググループ』を見事書き上げ、先生の血脈を示すことで、ございます。改めて、本当にありがとうまずは一度、果たしたいと思っております。加えて、大学の文芸サークルメイトたち、中でも創作の何たるかを教えてくれたM君、いつも心を支えインスピレーションをくれる家族、小説版執筆に賛同し協力して下さる会社の皆様、本作の出版とamphibianの相手という冒険《リスク》を許容して下さった星海社太田様および編集各位、原作を支持して下さった全ての方、そして今これを読んで下さっている全ての方に、第一巻では謝辞を捧げたいと思います。

第二巻も、ご期待下さい。それでは。

二〇一九年三月　amphibian　記

星海社
FICTIONS
ア4-01

レイジングループ
REI-JIN-G-LU-P 1 人狼《じんろう》の村《むら》

2019年4月15日　第1刷発行　定価はカバーに表示してあります

著　者 ――――― amphibian《あんひびあん》

発行者 ――――― 藤崎隆《ふじさきたかし》・太田克史《おおたかつし》
編集担当 ――――― 太田克史
編集副担当 ――― 丸茂智晴《まるもともはる》

発行所 ――――― 株式会社星海社
〒112-0013 東京都文京区音羽 1-17-14 音羽 YK ビル 4F
TEL 03(6902)1730　FAX 03(6902)1731
https://www.seikaisha.co.jp/

発売元 ――――― 株式会社講談社
〒112-8001 東京都文京区音羽2-12-21
販売 03(5395)5817　業務 03(5395)3615

印刷所 ――――― 凸版印刷株式会社
製本所 ――――― 加藤製本株式会社

ISBN978-4-06-515436-6　N.D.C.913 334P 19cm　Printed in Japan